Mit Sarah . . . allein

Gudrun Müller-Duah

Mit Sarah . . . allein

Alle Rechte liegen bei der Autorin
Covergestaltung: Ralf Hallay, www.ralfhallay.de
Herstellung: Books on Demand GmbH, Norderstedt
Oberhausen, 2002
ISBN 3-8311-3911-3

Der Schulhof war relativ klein. Er hatte in einer Ecke einen riesigen Baum. Stefanie stand mit ihren Klassenkameradinnen unter dem alten Baum, der den Schülern als Raucherecke diente. In der Pause versammelten sich dort viele Schüler, überwiegend natürlich die, die schon rauchten. Und wenn sie nicht zu den Rauchern gehörten, so deckten sie zumindest die Raucher, indem sie einen Kreis um sie bildeten.

Von weitem sah man schon den Qualm aufsteigen, jedoch wurde fast nie ein Raucher erwischt, denn wenn ein Lehrer zu der Gruppe kam, wurden die Raucher früh genug gewarnt. Wenn der Lehrer am Baum angekommen war, hatte natürlich niemand mehr eine brennende Zigarette in der Hand.

Jenny, Stefanies beste und eigentlich auch einzige Freundin, sprach schon eine ganze Weile auf sie ein. Doch Stefanies Gedanken waren weit weg.

„Steffi, hörst du mir überhaupt zu?" fragte Jenny ungehalten.

Stefanie zuckte zusammen. "Ja, ja, was ist denn?"

Jenny wurde sauer. "Da verklicker ich dir, dass meine Alten mich gestern beim Rauchen erwischt haben, und du? Stefanie, du bist in letzter Zeit richtig komisch geworden."

Das klang vorwurfsvoll und so war es auch gemeint.

Der Gong, der das Pausenende bedeutete, ertönte laut. Jenny würdigte Stefanie keinen Blick mehr und schloss sich ein paar anderen Mädchen an.

Stefanie schlenderte den anderen hinterher und war mit ihren Gedanken wieder weit weg.

Zwei Stunden noch, dann war's für heute wieder geschafft. Bio und Reli. Der Bio-Lehrer, Herr Teiler, war ein großer Mann mit Vollbart. Stefanie fand ihn hässlich. Wie konnte so ein hässlicher Mann sich einen noch hässlicheren Bart wachsen lassen? Jedenfalls mochte Stefanie ihn nicht. Und er sie nicht.

Beruhte wohl auf Gegenseitigkeit. Er wusste genau, wer von den Mädchen und Jungs rauchte, konnte es aber nicht beweisen. Aber besonders bei ihr machte er immer so blöde Bemerkungen, wie zum Beispiel: Wer in jungen Jahren viel raucht, der wächst nicht mehr. Aber Stefanie, keine Angst, du brauchst nicht mehr zu wachsen. Rauch ruhig weiter. Ist ja schon alles ausgewachsen.

Stefanie fand diese Anspielungen unverschämt.

Nach der Schule auf dem Nachhauseweg war sie wieder nachdenklich. Sie musste fünfzehn Minuten mit dem Bus fahren, dann noch mal zehn Minuten zu Fuß.

Im Bus saß Jenny neben ihr, sie unterhielt sich kaum mit ihr.

Und das letzte Stück zu Fuß war sie froh, dass sie allein war. So konnte sie wieder ungestört nachdenken.

Sie musste es heute ihrer Mutter sagen, ob sie wollte oder nicht. Sie würde es ja doch bald merken. Oder ob sie erst mit Jenny darüber sprechen sollte? Nein, Jenny würde es nicht verstehen. Sie war in dieser Angelegenheit sowieso ziemlich seltsam.

Gott sei Dank hatte die Kneipe heute Ruhetag. Ich hasse die Kneipe, dachte sie.

Anfangs hatte es ihr gefallen. Vor zwei Jahren, als sie noch an der Mosel wohnten, hatten ihre Eltern eine Diskothek gepachtet. Zusätzlich stand ihr Vater tagsüber in einem Imbisswagen. Angefangen hatte es damit, dass er eine Besorgung zu machen hatte und sie gebeten hatte, mal „fünf Minuten" aufzupassen. Schnell waren aus den fünf Minuten ein paar Stunden geworden. Erst später hatte er ihr erzählt, dass er sie vom gegenüberliegenden Flussufer mit einem Fernglas beobachtet hatte, ob sie alles richtig machte, ob sie auch nicht aus der Fassung geriet, wenn ein Bus mit Touristen kam und alle gleichzeitig Pommes-Currywurst haben wollten. Er merkte, dass sie es schaffte und aus der einen Besorgung wurde Regelmäßigkeit. Nach der Schule schnell essen, dann rüber zum Imbiss, Papa ablösen. Abends um sieben kam er, um den Imbiss dichtzumachen.

Eigentlich fand sie es nicht so schlimm. Natürlich nur anfangs, versteht sich. Denn die gute Seite daran war, dass sie kaum Zeit für Hausaufgaben hatte, und natürlich, dass sie gewissermaßen beneidet wurde. Von ihren Schulfreundinnen. Nicht wegen dem Inbisswagen, aber wegen der Diskothek.

Natürlich hatte sie keinem erzählt, was damals los war, als die Kellnerin der Diskothek, Elli, krank wurde. Stefanie musste einspringen.

Sie wusste noch, dass ihr Vater seine ganze Überredungskunst angewandt hatte, um sie dazu zu bringen, in der Diskothek zu bedienen. Sie hatte sich einfach nicht getraut, zu den Gästen zu gehen und zu fragen, was sie trinken wollten.

Sie wusste noch genau, dass sogar Tränen geflossen waren.

Was soll's, sie hatte es dann doch gemacht und sich schnell daran gewöhnt. Und wenn, hatte sie es immer nur zwei, drei Stunden getan. Schließlich sah man ihr an, dass sie noch lange keine achtzehn war. Da konnte ihr Vater sie schlecht bis mitten in der Nacht in der Disko bedienen lassen.

Auch hier hatten ihre Schulkameradinnen sie beneidet. Natürlich nicht alle. Einige meinten auch, wenn „so eine" in dem Alter sich in Diskos rumtreiben würde, da konnte ja nichts draus werden.

Auf Dauer war es ihr auch wirklich zuviel geworden. Nachmittags im Imbiss, abends in der Disko.

Und dann, ruck zuck, hieß es, die Disko würde geschlossen und die ganze Familie zog ins Ruhrgebiet. Papa sah dort die Chance. Er pachtete eine Kneipe.

Oh Gott, eine Kneipe. Das war schon was anderes als eine Disko. Fast nur alte Leute, blöde Musik.

Stefanie war sehr traurig gewesen. Sie wäre am liebsten nicht mitgezogen. Aber was sollte sie machen? Ging nun mal nicht anders.

Jetzt waren sie hier. Eigentlich hatte sich für sie nicht viel geändert. Nach der Schule musste sie Papa in der Kneipe ablösen. Nur „für ein oder zwei Stunden." Wurde natürlich immer länger. Sie hasste die Kneipe. Jedenfalls war heute Ruhetag.

Und immerhin, sie hatte eine Freundin gefunden. Jenny. Sie hatte in mancher Hinsicht seltsame Ansichten. Aber sonst war sie in Ordnung.

Zu Hause angekommen, ging sie wie immer kurz in die Küche, rief ein "Hallo Mama" hinein und rannte dann die Treppen nach oben. In der oberen Etage waren die Kinderzimmer und das Bad. Sie knallte ihre Schultasche auf den Boden und legte sich quer über ihr Bett. Wie sollte sie es bloß ihrer Mutter beibringen? Und ihrem Vater?

Das war noch viel schlimmer. Er würde bestimmt ausrasten.

„Steffi, komm runter, Essen ist fertig", hörte sie ihre Mutter rufen.

"Ja, ich komme ja schon."

Am Tisch saßen schon Melissa, ihre jüngere zehnjährige Schwester und Kevin, ihr Bruder. Er war jetzt dreizehn, also ein Jahr jünger als sie. Eigentlich war sie ja schon fast fünfzehn, nur noch drei Monate. Sie hatte vorgehabt, es ihren Eltern erst mit fünfzehn zu sagen, aber das ging ja jetzt wohl nicht mehr. Mit ihren Geschwistern konnte sie darüber auch nicht reden. Melissa war noch zu klein. Sie würde es nicht kapieren.

Und Kevin hatte mit seinen dreizehn Jahren ganz andere Sorgen. Weiberkram, mehr hätte er dazu nicht zu sagen.

Sie war in ihrer Freizeit, also am Ruhetag der Kneipe oder abends, wenn sie nicht in der Kneipe war, selten mit ihren Geschwistern zusammen. Und wenn, dann gab es meistens Streit und Zank. Wie bei den meisten anderen Geschwistern auch.

Nach den Hausaufgaben sagte Stefanie ihrer Mutter, dass sie sich noch mit Jenny treffen wollte, um für die Mathearbeit, die bald geschrieben würde, zu üben.

Jenny wusste Bescheid. Sollte ihre Mutter aus irgendeinem Grund bei Jenny zu Hause anrufen und nach Stefanie fragen, würde Jenny sagen, dass Stefanie vor einigen Minuten gegangen sei. Dann würde sie versuchen, Stefanie zu erreichen und sie warnen. Stefanie hatte an alles gedacht.

Sie schlenderte den ihr bekannten Weg an den Schienen vorbei bis zu den alten Zechenhäusern. In einem dieser Häuser wohnte Marco. Er wohnte noch bei seinen Eltern. Er hatte wohl vor einiger Zeit auch eine eigene Wohnung gehabt, die er mit seiner damaligen Freundin bewohnt hatte. Jedoch als mit ihr Schluss war, war er wieder zu seinen Eltern gezogen. Seine Eltern sahen Stefanie nicht so gerne in der Wohnung. Sie hatten Marco schon oft gesagt, dass sie Stefanie zu jung fanden. Doch darum kümmerte er sich natürlich herzlich wenig. Schließlich liebte er sie. Das wusste sie genau. So was fühlt man eben, hatte sie mal Jenny erklärt.

Am Haus angekommen, schellte sie kurz dreimal hintereinander, als Zeichen, dass sie es war. Meistens öffnete er dann. Dann begegnete sie wenigstens nicht seiner Mutter.

Doch heute öffnete seine Mutter. Stefanie grüßte kurz und ging sofort in sein Zimmer.

"Hallo Marco, Mensch die Schule war heute Scheiße", sagte sie im Hereinkommen.

Er nahm sie in den Arm und küsste sie.

"Schatz, bald brauchst du ja nicht mehr in die Schule, dann bist du nur für mich da."

Stefanie steckte sich eine Zigarette an.

"Du sollst doch jetzt nicht mehr rauchen", sagte er vorwurfsvoll, nahm ihr die Zigarette ab und drückte sie im Ascher aus.

"Ach Marco, ich weiß nicht, wie ich es meinen Eltern beibringen soll. Wenn die erfahren, dass ich die ganze Zeit gelogen habe ... Dass ich immer, wenn ich sagte, ich wäre bei Jenny, bei dir war, ich glaub, die flippen aus."

Stefanie kuschelte sich an Marco. Wenn sie bei ihm war, sah die Welt ganz anders aus.

"Weißt du was? Sag es heute deinen Eltern. Morgen komme ich vorbei und frage deinen Vater, ob er einverstanden ist, dass wir heiraten" sagte Marco in versöhnlichem Ton. „Er muss einverstanden sein. Er hat ja jetzt keine andere Wahl mehr."

Stefanie war nicht wohl bei dem Gedanken. Aber Marco hatte Recht. Schließlich musste sie es einmal hinter sich bringen.

"Also gut. Wann kommst du morgen?"

"Morgen abend um neunzehn Uhr. Ich muss morgen etwas länger arbeiten."

Er gab ihr flüchtig einen Kuss, machte den Fernseher an und tat, als ob sie nicht mehr da wäre. Das hatte er in letzter Zeit schon öfter getan. Stefanie steckte sich wieder eine Zigarette an.

„Steffi, ich habe dir doch gesagt, du sollst nicht rauchen. Mach sofort die Zigarette aus", schrie er sie an.

Stefanie zuckte zusammen.

"Is ja gut. Reg dich doch nicht so auf. Vor meinen Eltern muss ich heimlich rauchen, muss ich das jetzt auch vor dir?" sagte sie, zog noch einmal kräftig an der Zigarette und drückte sie dann aus. Schließlich wollte sie nicht, dass er sich noch mehr aufregte wegen der blöden Zigarette.

"Nein, du brauchst nicht heimlich rauchen, sondern gar nicht. Basta." Der Ton gefiel Stefanie überhaupt nicht. Marco war in letzter Zeit seltsam.

Sie ging nicht weiter darauf ein und sagte, um abzulenken: "Schatz, ich muss jetzt wieder nach Hause. Wir sehen uns dann morgen abend. Du kommst doch pünktlich?"

"Klar komm ich pünktlich. - Wenn es geht."

Ein kleiner Abschiedskuss, und Stefanie ging wieder.

Normalerweise hätte sie noch etwas Zeit gehabt. Schließlich war sie ja höchstens eine halbe Stunde bei ihm gewesen. Aber da er nicht so gut drauf war, konnte sie genauso gut wieder gehen. Ihre Mutter würde sich wundern. Ob sie vielleicht noch kurz zu Jenny sollte? Nein, dazu hatte sie auch keine Lust.

Wieder stellte sie fest, dass Marco sich in letzter Zeit geändert hatte. So kannte sie ihn gar nicht. Er redete ziemlich hart mit ihr. Manchmal hatte sie das Gefühl, er benahm sich, als ob er ihr Vater oder ihr Chef sei.

Er wollte auch nicht, wie noch vor zwei, drei Monaten, so oft mit ihr ins Bett. Das war eigentlich nicht so schlecht, denn es hatte ihr sowieso nicht so viel Spaß gemacht, wie sie ihm immer vorgetäuscht hatte. Sie hatte, wenn sie ehrlich war, nur mit ihm geschlafen, um ihn nicht zu verlieren. Aber was ist, wenn er eines Tages gar nicht mehr wollte? fragte sie sich.

Ob eigentlich ältere Ehepaare auch noch miteinander schliefen? Bei ihren Eltern zum Beispiel konnte sie es sich überhaupt nicht vorstellen. Und so alt waren die eigentlich noch nicht. Ende Dreißig. Noch nicht uralt, aber alt, dachte Steffi.

Zu Hause angekommen, fand sie nur ihre Mutter vor. Ihre Geschwister waren entweder draußen oder in ihren Zimmern. Jedenfalls war ihre Mutter alleine in der Küche und las eine Zeitschrift.

Jetzt oder nie!, dachte Stefanie und fasste allen Mut zusammen, den sie besaß.

"Mama?"

Ihre Mutter hob den Kopf, sah sie fragend an. Doch Stefanie sagte nichts.

"Was ist denn, Kind?"

Wieder Schweigen. Ein paar Sekunden, aber es kam Stefanie vor wie Stunden.

"Mama, ich muss dir was sagen. Etwas Wichtiges", mehr allerdings sagte Stefanie nicht.

Ihre Mutter wurde langsam ungeduldig. "Los Stefanie, rück raus damit. Was hast du angestellt? Ärger in der Schule?"

"Nein, mit der Schule hat es nichts zu tun." Stefanie schluckte. "Mama, wo ist Papa?"

„Er ist zum Getränkehändler. Aber das wolltest du doch bestimmt nicht fragen. Also, was ist los?" Ihre Mutter schaute sie gespannt an.

"Ich bin schwanger", sie hatte es fast geflüstert.

So, jetzt war es raus.

Stefanies Mutter traute ihren Ohren nicht. "W a s hast du gesagt?"

"Ich bin schwanger, und zwar Anfang dritten Monat."

Ihre Mutter stand auf, doch setzte sie sich sofort wieder hin. Sie war schneeweiß geworden. Stefanie hatte Angst, dass sie womöglich jeden Augenblick vom Stuhl fallen würde.

„Steffi, das ist doch wohl nicht dein Ernst?"

"Doch, Mama, von Marco. Wir wollen heiraten." Klang immer noch wie Flüstern.

"Kind, wie konnte das passieren? Wie sagen wir es bloß Papa? Nein, ich kann es einfach nicht glauben. In deinem Alter, . . . du wirst doch erst fünfzehn. Nein, ich glaub es nicht", sagte ihre Mutter mehr zu sich selbst als zu Stefanie.

Stefanies Mutter hatte sich fast verschluckt beim Sprechen. Sie war fassungslos. Das musste sie erst einmal verarbeiten. Anscheinend hatte ihre Tochter ernst gemeint, was sie da gerade gesagt hatte.

"Wenn mich jemand gefragt hätte, ich hätte die Hand für dich ins Feuer gelegt, dass du noch Jungfrau bist. Mein Gott, mit fünfzehn. Du bist doch selbst noch ein Kind."

Jetzt redet sie fast wie Papa, dachte Stefanie.

Die Tür ging auf, Stefanies Vater kam herein.

Ausgerechnet jetzt musste er kommen!

Stefanie hielt den Kopf gesenkt. Sie traute sich nicht, ihren Vater anzusehen. Am liebsten wäre sie im Boden versunken. Aber da musste sie jetzt durch. Marco zuliebe.

Ihr Vater hatte sofort bemerkt, dass irgend etwas nicht stimmte. Und seine Frau, die sah so blass aus.

"Hildegard, was ist? Ist dir nicht gut? Du siehst ja aus, als wäre dir der Sensemann begegnet." Besorgt trat er neben sie.

"Mir geht es blendend. Ich muss nur damit fertig werden, dass ich demnächst Oma werde", sagte sie.

Er schaute sie verständnislos an. Was hatte sie gesagt?

"Deine Tochter hat mir gerade gebeichtet, dass sie von Marco, den *du* ja so nett findest und der unser Stammgast ist, - jetzt weiß ich auch warum - schwanger ist."

Stefanies Vater sagte nichts. Es kam Stefanie so vor, als würde er eine halbe Ewigkeit nichts sagen.

Ihre Mutter schaltete sich wieder ein: "Gleich morgen geh ich mit ihr zum Arzt. Vielleicht ist sie ja gar nicht schwanger."

Stefanies Vater sagte immer noch nichts. Er sah seine Tochter an.

Wenn er doch etwas sagen würde! Oder toben und schreien. Aber nichts. Das war ja nicht zum Aushalten.

"Was", fragte er schließlich, nachdem er sich neben seine Frau gesetzt hatte, "was denkst du, soll jetzt passieren? Oder besser, sag mir erst mal, wie es überhaupt passieren konnte."

Stefanie hatte einen trockenen Mund. Sie wollte etwas sagen, aber bekam keinen Ton heraus. Sie hatte Respekt vor ihm. Und zwar höllischen.

Warum konnte sie jetzt nicht zaubern und sie hatte das Gespräch schon hinter sich? Oder besser noch, es wäre schon der nächste Tag.

Sie fing an zu weinen. Sie schluchzte, hielt den Kopf gesenkt.

Ihre Mutter kam zu ihr und versuchte, sie zu beruhigen.

Ich muss jetzt was sagen, dachte sie, packte allen Mut zusammen und stotterte: "Marco und ich, wir wollen heiraten. Das mit dem Kind ist nicht einfach so passiert. Wir wollten ein Kind, damit wir zusammenbleiben können."

So, das war gesagt. Hatte sie verdammt viel Mut gekostet.

"Das musst du mir erklären. Du willst doch wohl nicht sagen, dass ihr das extra gemacht habt? Das ihr das wolltet?"

Das konnte doch nicht wahr sein. Hatte er sich verhört? Er wollte aufstehen, doch seine Frau hielt ihn am Arm fest.

Irgendwie sah er enttäuscht aus.

"Papa, Marco kommt morgen abend, um euch zu sagen, dass wir heiraten wollen. Wegen des Baby's."

"Das heißt also, du willst das Kind kriegen?" fragte er.

"Natürlich, es ist ja ein Wunschkind."

„Ein Wunschkind?" Die Frage kam von der Mutter.

Kurze Zeit überlegte ihr Vater. Stefanie wusste das, weil er dann immer die Stirn in Falten legte. So wie jetzt. Er holte tief Luft und begann:

„Steffi", er schaute seine Frau an, dann wieder sie, "ich will dir mal was sagen:

Wir, deine Eltern, haben die Verantwortung für dich. Und ich kann auf keinen Fall verantworten, dass du diesen Kerl heiratest. Wenn der morgen abend kommt, schmeiß ich den achtkantig wieder raus."

Mittlerweile hatte er sich in Wut geredet.

Stefanie dachte schon, das war's. Aber er hatte noch nicht alles gesagt:

"Geheiratet wird nicht. Auf keinen Fall. Wenn du mal achtzehn bist, kannst du selbst entscheiden, oder von mir aus auch mit siebzehn. Aber auf keinen Fall mit vierzehn. Wenn du das Kind kriegen willst - bitte. Ich kann dich nicht dazu zwingen, es wegmachen zu lassen. Meinetwegen - dann bekomm ein Kind.

Wenn du es nicht willst, auch o.k. Das ist allein deine Entscheidung. Wir können dir einen Rat geben, wir können dich zu nichts zwingen. Aber ich überlasse es nicht deiner Entscheidung, ob geheiratet wird."

"Papa, ich will aber wirklich heiraten", versuchte sie ihn zu überzeugen. Warum glaubte er ihr nicht?

Plötzlich sagte ihre Mutter: "Ich ruf gleich den Frauenarzt an, ob er für Stefanie einen Termin für morgen frei hat."

"Was? Warum, Hildegard?"

"Weil ich es nicht glauben kann. Darum. Er soll sie erst mal untersuchen. Dann sehen wir weiter. Vielleicht irrt sie sich ja auch", hoffte sie. Vielleicht irrte sich Stefanie und hatte noch gar nicht mit Marco geschlafen. Vielleicht irrte sie selbst sich ja, und es war gar nicht so, wie es war. Vielleicht schlief sie und träumte. Das konnte doch nur ein Traum sein.

"Ich irre mich nicht, Mama, und zum Arzt will ich nicht." Stefanie stampfte wie ein bockiges Kind mit dem Fuß auf. Sie war bis jetzt noch nie beim Frauenarzt.

"Das werden wir ja sehen, ob du gehst oder nicht", meldete sich ihr Vater wieder zu Wort. „Wer ein Kind machen kann, der wird ja wohl auch zum Arzt gehen können."

Für ihre Angst konnte ihr Vater nun wirklich kein Verständnis aufbringen.

"Mir ist auf einmal gar nicht gut. Kann ich jetzt in mein Zimmer oder wollt ihr noch was sagen?" fragte Stefanie. Sie fühlte sich plötzlich unwohl. Ihr war schlecht. Sie schämte sich. Sie hätte in Grund und Boden versinken können. Warum bloß fiel es ihr so schwer, mit ihren Eltern darüber zu reden? Warum nahmen sie es nicht einfach hin? Jetzt konnten sie sowieso nichts mehr daran ändern.

"Nein, sagen wollen wir nichts, denn fürs erste sind wir sprachlos", antwortete ihr Vater.

Stefanie ging in ihr Zimmer und legte sich aufs Bett. Sie hatte es sich nicht so schlimm vorgestellt. Das seltsame Gefühl, das sie gehabt hatte, als sie ihren Eltern die Schwangerschaft gebeichtet hatte – ihr wurde klar, das es Schamgefühl war. Sie schämte sich. Sie schämte sich, weil ihre Eltern nun wussten, dass sie nicht mehr Jungfrau war. Und bald würde es jeder wissen.

An die Gedanken, die sich ihre Eltern jetzt, nachdem sie gebeichtet hatte, machten , dachte sie auch.

Ihre Tochter schwanger. Damit mussten sie erst mal fertig werden. Die würden bestimmt noch eine Weile im Wohnzimmer sitzen und darüber reden.

Am nächsten Morgen wachte Stefanie mit einem Unwohlsein auf. Wie schon am Tag davor und auch davor. Ihre Mutter hatte es bis jetzt noch nicht bemerkt, dass sie sich morgens übergeben musste.

Sie sprang aus dem Bett und schaffte es gerade noch bis zur Toilette, wo sie sich übergeben musste. Als sie aus dem Bad herauskam, stand ihre Mutter in ihrem Zimmer.

"Ich möchte, dass du heute nicht zur Schule gehst. Ich sagte ja schon gestern abend, dass ich mit dir zum Arzt möchte. Gleich, wenn Melissa und Kevin zur Schule sind, fahren wir los. Ich habe schon beim Arzt angerufen, wir brauchen nicht lange warten," sagte ihre Mutter in einem Ton, der keinen Widerspruch duldete.

Stefanie war kreidebleich.

"Leg dich noch was hin. Dann gehts wieder besser", riet ihr die Mutter, diesmal in einem versöhnlichen Ton.

Nachdem ihre Geschwister aus dem Haus waren, stand Stefanie auf und zog sich an. Sie hatte Angst. Zum Arzt, das hatte ihr noch gefehlt. Warum war Marco jetzt nicht da? Er hätte ihr bestimmt beigestanden. Er hätte Verständnis für ihre Angst. Oder? Sie dachte daran, wie er sich in letzter Zeit benahm. Vielleicht war es doch besser, wenn er nicht dabei war.

Da sie beim Arzt schon angemeldet war, musste sie nicht lange warten. Ihre Mutter ging, als sie aufgerufen wurde, mit ihr in das Besprechungszimmer des Arztes. Sie nahmen beide vor seinem Schreibtisch Platz.

Ihre Mutter ergriff das Wort, worüber Stefanie dankbar war. Sie hätte auch nicht gewusst, was sie sagen sollte.

"Herr Dr. Schwarz, wir sind gekommen, weil ... Nun ja, Herr Doktor," sie suchte nach Worten, „nun ja ... meine Tochter meint, sie wäre schwanger."

Der Arzt sah auf die Karteikarte, die die Arzthelferin erst vor wenigen Minuten angelegt hatte. Dann schweifte sein Blick zu Stefanie.

„Sagen Sie mir doch bitte, wann Sie das letzte Mal Ihre Periode hatten."

Er hatte „Sie" gesagt. Allein das verwirrte Stefanie. Bis jetzt hatte noch nie jemand Sie zu ihr gesagt.

"Am zweiten April."

"So, dann wären Sie jetzt schon zwei Monate über der Zeit. Sie sind erst vierzehn Jahre jung, es kann in diesem Alter schon mal vorkommen, dass Sie ihre Periode nicht regelmäßig bekommen, oder auch, dass sie ganz ausbleibt. Das ist ganz normal. Schwanger müssen Sie deshalb nicht sein." Er lächelte sie an.

Stefanies Mutter atmete hörbar auf. Stefanie erwiderte dazu nichts.

"Warum sind Sie denn so sicher, dass Sie schwanger sind?" wollte er jetzt wissen.

Stefanie antwortete nicht. Und übrigens machte er sie ganz nervös. Warum siezte er sie die ganze Zeit?

"Hatten Sie nur einmal Geschlechtsverkehr oder regelmäßig", war seine nächste Frage.

Stefanie wurde rot wie eine Tomate. War das ein Verhör?

"Regelmäßig", sagte sie so leise, dass man es kaum hören konnte.

"Seit wann regelmäßig?"

"Seit einem halben Jahr."

"Wir machen zuerst einen Test. Dafür brauchen wir etwas Urin, dann werde ich Sie untersuchen. Davor brauchen Sie keine Angst zu haben. Ich werde dann auch eine Ultraschalluntersuchung vornehmen. Das ist auch nicht weiter schlimm. Danach kann ich Ihnen Näheres sagen."

Den letzten Satz hatte er mehr zu ihrer Mutter gesagt als zu ihr.

Stefanie wurde mit einem Gefäß für den Urintest auf die Toilette geschickt. Das war gar nicht so einfach. Mit randvoll gefülltem Glas kam sie wieder heraus. Sie musste höllisch aufpassen, dass es nicht überschwappte. Die Arzthelferin lächelte. "Wir hätten eigentlich nur sehr wenig für den Test gebraucht."

Blöde Kuh, dachte Stefanie. Das hätte man ihr auch vorher sagen können.

Danach musste sie in eine kleine Kabine und sollte sich dort ausziehen, bis auf T-Shirt und BH. Sie war nervös. Von diesem Untersuchungs-Stuhl hatte sie schon gehört. Und zwar die reinsten Horrorgeschichten. Jenny hatte mal gesagt, dass eine Frau dort draufliegt, wie ein Tier, das geschlachtet werden soll.

Die Arzthelferin öffnete die Kabinentür. "Bitte setzen Sie sich auf den Stuhl", sagte sie und zeigte auf den Untersuchungsstuhl. Sah mehr wie eine Liege aus, außer die beiden Halteschalen für die Beine. Die störten Stefanie gewaltig.

Als sie draufsaß, kam der Arzt ins Untersuchungszimmer.

"So, jetzt lehnen Sie sich bitte zurück und legen die Beine hier drauf", er zeigte auf die dafür vorgesehenen Halteschalen, die seitlich am Stuhl waren.

Er untersuchte sie, was sehr schnell ging und zu ihrer Verwunderung auch nicht weh tat.

"Bitte legen Sie sich jetzt auf die Liege. Ich werde nun die Ultraschalluntersuchung vornehmen."

Sie kletterte umständlich vom Untersuchungsstuhl und legte sich auf die Liege, die seitlich an der Wand stand. Was würde er jetzt machen? Sie wunderte sich, dass es so schnell gegangen war. Er hatte ihr weder weh getan noch hatte sie sich wie ein Tier gefühlt, das geschlachtet wird.

Da hatte Jenny mal wieder maßlos übertrieben!

„Jetzt wird es kalt", sagte der Arzt und schmierte ihr etwas auf den Bauch, das aussah wie Gelee. Dann führte er ein Gerät, das aussah wie eine Fernbedienung, über den nun matschigen Bauch.

Er schaute die ganze Zeit über in den Bildschirm, der neben der Liege stand. Stefanie sah allerdings nur weiße und schwarze Punkte. Er erklärte ihr, was er dort sah, doch sie hörte nicht zu. Irgendwie interessierte sie das Ganze nicht. Sollten ihre Eltern denken, was sie wollten, sollte der Arzt sie untersuchen, wie er wollte. Sie wollte nur das Kind. Es würde sie fest an Marco binden. Das mussten doch auch ihre Eltern einsehen! Und mit dickem Bauch würde sie auch nicht in der Kneipe stehen müssen!

Was die Erwachsenen so alles anstellten, bloß weil sie schwanger war. Sie bekam ein Kind, na und?

Musste ihre Mutter sie deshalb sofort zum Arzt schleppen?

Der Arzt riss sie aus ihren Gedanken. "Sie können sich wieder anziehen, Sie werden wieder aufgerufen."

Sie ging in die Kabine und zog sich an. Was würde der Arzt wohl gleich zu sagen haben? Nein, sie konnte sich nicht irren.

Kaum war Stefanie aus der Kabine raus, wurde sie wieder aufgerufen.

Ihre Mutter kam wieder mit. Sie setzten sich also wieder vor den Schreibtisch und warteten.

Der Arzt kam, setzte sich, blätterte umständlich in irgendwelchen Unterlagen und sagte endlich: "Ich kann Ihnen bestätigen, dass Sie schwanger sind. Der Test hat dies ergeben, die Untersuchung und auch der Ultraschall. Zuerst einmal möchte ich wissen, ob Sie, aufgrund Ihres Alters das Kind austragen wollen?" Fragend schaute er erst Stefanie, dann ihre Mutter an.

Stefanie sagte nichts. *Austragen*, was für ein Wort! Zeitungen kann man austragen, dachte sie.

"Sie können auch gerne erst ein paar Tage darüber nachdenken. Aber lange dürfen Sie nicht mit der Entscheidung warten."

"Ich werde das Kind bekommen", sagte Stefanie bestimmt.

Der Arzt schaute ihre Mutter an. Warum sah er sie nicht an? Ihre Mutter bekam doch nicht das Kind.

"Gut, dann werde ich veranlassen, dass der Mutterpass ausgestellt wird, gleichzeitig möchte ich Sie bitten, morgen früh gegen acht Uhr noch einmal zu kommen, weil ich Ihnen etwas Blut abnehmen muss."

Stefanies Mutter hatte dem Arzt aufmerksam zugehört. Eigentlich hatte sie es geahnt. Stefanie hätte nicht behauptet, sie wäre schwanger, wenn sie sich dessen nicht sicher gewesen wäre.

Aber sie wollte es nicht wahrhaben. Das war es. Darum hatte sie darauf bestanden, mit ihrer Tochter sofort zum Arzt zu gehen.

Der Artzt unterhielt sich jetzt mit ihrer Mutter, so, als wäre Steffi gar nicht da: "Sie muss alle vier Wochen zur Vorsorgeuntersuchung kommen. In den letzten Wochen alle zwei Wochen. Und ich möchte Ihnen vorschlagen", jetzt sah er Stefanie wieder an, "sich bei einem Schwangerschaftskurs anzumelden. Das finde ich besonders wichtig für die Geburt. Allerdings hat das noch etwas Zeit."

Sie verabschiedeten sich und gingen schweigsam zum Wagen. Auch unterwegs schwiegen Mutter und Tochter.

Verdammt, warum wurde sie das Gefühl nicht los, sich schämen zu müssen? Es ist doch eine ganz normale Sache, schwanger zu sein. Oder etwa nicht?

Stefanies Mutter hing auch ihren Gedanken nach. Irgendwie konnte sie es immer noch nicht glauben. Was würden wohl die Verwandten und Bekannten sagen? Man würde Stefanie ein Flittchen nennen. Man würde die Eltern als unfähig darstellen. Unfähig, ein Kind zu erziehen, würde man behaupten. Denn irgendetwas mussten sie bei Stefanie doch falsch gemacht haben. Aber was?

Hatten sie ihr zuviel Freiraum gelassen, oder eher zuwenig? Was hätten sie als Eltern besser machen sollen? War es falsch gewesen, Stefanie im Imbiss und in der Diskothek arbeiten zu lassen? Aber sie hatten keine andere Wahl gehabt. Eine Kraft zu bezahlen, nein, das hätten sie sich finanziell nicht erlauben können.

Und hier, im Ruhrgebiet? Ja, sie hatten sich das Leben hier anders vorgestellt. Die Kneipe hatten sie jetzt sieben Monate. Sie lief sehr schlecht. Und zwar so schlecht, dass ihr Mann sich schon nach einer anderen Arbeit umgesehen hatte. Aber das war nicht so einfach. Das Arbeitsamt hatte ihm eine Umschulung vorgeschlagen. Als Dreher. Er würde es wohl oder übel machen. Die Kneipe würde demnächst geschlossen.

Nur, leider mussten sie dann auch aus der schönen Wohnung ausziehen. Die gehörte schließlich zur Kneipe. Und jetzt noch die Sache mit Stefanie.

Sie war sauer. Wütend auf ihren Mann. Schließlich hatte Stefanie den Erzeuger ihres Kindes in der Kneipe kennengelernt. Marco war von Anfang an Stammgast gewesen.

Vielleicht hätte sie mit Stefanie darüber reden sollen. Über Sexualität, einfach über alles. Vielleicht wäre es dann nicht passiert. Aber jedes „hätte" und „wäre" nutzte nichts. Es war nun einmal passiert. Und wenn sie ehrlich war, es wäre ihr sehr schwer gefallen, mit Stefanie über Sexualität zu reden. Schließlich hatte ihre Mutter damals auch nicht darüber geredet. Und sie hatte sich kein Kind vor der Ehe andrehen lassen!

Nun mussten sie sehen, dass sie das beste daraus machten. Jedenfalls gab sie ihrem Mann vollkommen Recht. Heiraten durfte Stefanie nicht.

Zu Hause angekommen, saßen sich Mutter und Tochter in der Küche gegenüber.

Nur, um etwas zu sagen, sagte Stefanie: "Morgen gehe ich aber wieder zur Schule."

"Ja morgen. Und was ist in ein paar Monaten? Stefanie, hast du dir schon Gedanken darüber gemacht, wie lange du noch zur Schule gehen wirst? Und dass du wegen dem Baby dein Abschlusszeugnis nicht bekommen wirst?"

"Ich gehe bis zum achten Monat zur Schule. Frauen, die ein Kind bekommen, müssen ja auch so lange arbeiten. Und danach bin ich nur für das Baby und

Marco da. Vielleicht stimmt Papa ja doch noch einer Heirat zu", sagte Steffi hoffnungsvoll. Er musste es doch einsehen, endlich kapieren, dass sie Marco liebte!

„Steffi, merkst du eigentlich nicht, dass du in einer Traumwelt lebst?"

"Mama, wir wollen zusammenbleiben."

"Du bist noch zu jung."

"Marco kommt ja heute abend", sagte Stefanie voller Zuversicht.

Gegen achtzehn Uhr kam ihr Vater mit schlechter Laune ins Wohnzimmer. „Kein Mensch in der Kneipe, eigentlich könnte ich den Laden schon jetzt dicht machen", sagte er zu ihrer Mutter.

Er setzte sich vor den Fernseher.

Klar, jetzt kam Sport. Das durfte er natürlich nicht verpassen.

Da seine Frau nichts von dem Arztbesuch erzählte, was sie bestimmt getan hätte, wenn Stefanie nicht schwanger wäre, fragte er auch nicht.

Die nächste Stunde zog sich für Stefanie wie Kaugummi. Wenn Marco doch endlich käme.

Als es auf zehn nach sieben zuging, konnte sich ihr Vater die Bemerkung nicht verkneifen: "Wo bleibt er denn? Oder vielleicht hat er sich ja aus dem Staub gemacht. Zutrauen würde ich ihm das."

Stefanie hielt es nicht mehr aus. Sie ging ins Badezimmer und steckte sich eine Zigarette an. Während sie hastig einen Zug nach dem anderen machte, fiel ihr auf, dass es eigentlich lächerlich war. Da war sie schwanger, musste aber heimlich rauchen. Gehörte sie jetzt eigentlich zu den Erwachsenen oder war sie immer noch Kind?

Die Türklingel war zu hören. Das musste er sein. Sofort schmiss sie die Kippe ins Klo und rannte die Treppe hinunter. Endlich, er war es tatsächlich.

Ihre Mutter hatte schon geöffnet. Er begrüßte sie, sagte ihr Hallo und ging mit beiden ins Wohnzimmer. Widerwillig gab Stefanies Vater ihm zur Begrüßung die Hand.

"Hat Stefanie es euch schon erzählt?" fragte er.

"Ja, das hat sie", antwortete ihr Vater.

"Dann ist ja alles klar. Ich habe mir gedacht, dass wir am besten so schnell wie möglich heiraten. Ich meine, bevor man bei Stefanie etwas sieht."

"Es ist nicht alles klar, junger Mann. Oder im Gegensatz zu Stefanie müsste ich ja zu dir schon fast alter Mann sagen. Ist dir eigentlich klar, dass Steffi noch keine fünfzehn ist und du", sagte ihr Vater ganz ruhig, „du bist sechsundzwanzig." Er spuckte die Zahl fast aus.

Steffis Vater schaute Marco an. Und zwar von oben bis unten. Er suchte sorgfältig die nächsten Worte: "Geheiratet wird auf keinen Fall, und wenn Stefanie Drillinge bekommt. Ich möchte nur mal von dir wissen, was du dir dabei gedacht hast? Du bist ein erwachsener Mann von sechsundzwanzig Jahren. Hast du es nötig, dich an eine Vierzehnjährige ranzumachen?"

"Was heißt hier ranmachen? Sie hat alles freiwillig getan und wir verstehen uns sehr gut und möchten heiraten. Stefanie ist alt genug. Sie ist doch kein kleines Kind mehr."

Stefanie war stolz. Marco dachte also auch, dass sie kein Kind mehr war.

"Da hast du recht. Sie ist kein kleines Kind. Sie ist aber auch nicht erwachsen. Ich stimme einer Heirat auf keinen Fall zu. Ich hoffe, dass war deutlich genug." Er war immer noch ruhig und gelassen.

Gerade das brachte Marco auf die Palme. "Du willst doch wohl nicht, dass unser Kind unehelich zur Welt kommt?"

"Mein Enkel kann meinetwegen unehelich zur Welt kommen. Das ist in der heutigen Zeit keine Schande mehr. Wenn Stefanie volljährig ist, könnt ihr von mir aus heiraten und noch fünf Kinder bekommen."

Marco stand auf. Das war zuviel für ihn. Er brüllte plötzlich los: "Du wirst schon sehen, was du von deiner Sturheit hast."

"Das ist meine Wohnung, wenn hier einer schreit, dann bin ich das. Und eins kann ich dir jetzt schon sagen. Solltest du auf krumme Gedanken kommen und versuchen, mit Stefanie abzuhauen, oder sonst was, ich schwöre dir, ich bring dich in den Knast. Du kannst froh sein, wenn ich dich nicht wegen Verführung Minderjähriger hinter Gitter bringe." Jetzt hatte sich ihr Vater auch in Wut geredet. Er hatte einen hochroten Kopf. Sie würde sich nicht wundern, wenn er Marco jetzt eine Ohrfeige geben würde.

Stefanie saß still auf der Couch neben ihrer Mutter. Sie hielt den Kopf gesenkt, wollte keinen der beiden Männer ansehen. Dass es wegen ihr Krach geben würde, hatte sie nicht gewollt. Ihr Vater konnte aber auch wirklich stur sein.

Er kannte Marco eigentlich jetzt genau so lange wie sie. Vor ein paar Monaten war sie mit ihrer Familie in diese Stadt gezogen. In der Kneipe hatte sie Marco kennengelernt. Marco hatte sich über alles mögliche mit ihr unterhalten und dabei auch gefragt, in welche Schule sie ginge. Ein paar Tage später hatte er plötzlich vor der Schule gestanden und sie abgeholt. Er war mit ihr zu Fuß bis nach Hause gegangen, sie hatten viel miteinander geredet. Sie war sehr stolz darauf gewesen, dass er sie abgeholt hatte. Sollten ihre Freundinnen ruhig sehen, was für einen netten Freund sie hatte.

Ihre Mitschülerinnen hatten fünfzehn- oder sechzehnjährige Jungs als Freunde. Da war Marco schon etwas anderes.

Und wie toll er sich mit ihr unterhalten konnte. Er behandelte sie eben wie eine Erwachsene und nicht wie ein Kind. Und dazu kam, dass er toll aussah, wie sie fand. Groß, schwarze Haare, dunkle Augen. Und er zeigte Interesse an ihr. Das war schon eine tolle Sache.

Jedenfalls holte er sie dann häufiger von der Schule ab. Und irgendwann, sie wusste nicht mehr wie und wann, war es eben passiert. Er hatte ihr erklärt, dass es das natürlichste auf der Welt war, dass man miteinander schlief, wenn man sich liebte.

Zuerst wollte sie nicht, doch als er von einem Kind anfing, damit sie auch wirklich zusammenbleiben konnten, hatte sie eingesehen, dass er sie wirklich liebte. Oder hätte er sonst mit ihr eine Familie gründen wollen?

Sie wurde aus ihren Gedanken gerissen, als Marco ihrem Vater ganz stolz verkündete: "Übrigens habe ich schon angefangen, mich um meine angehende Familie zu kümmern. Ich habe eine kleine Wohnung gefunden für uns. Nächsten Monat könnten wir einziehen."

Stefanie sah Marco entgeistert an. Davon hatte sie nichts gewusst.

Warum hatte er nicht mit ihr darüber gesprochen?

Steffi sah erst Marco, dann ihren Vater an. Wie würde Papa reagieren? Würde er sie ausziehen lassen? Wollte sie überhaupt ausziehen? Weg von Mama und Papa?

„Steffi wird auch nicht ausziehen. In die Wohnung kannst du alleine einziehen", sagte ihr Vater nur dazu.

"Warum fragst du nicht Stefanie, ob sie überhaupt hier bleiben will. Das kannst du nicht alleine entscheiden." Marco wurde wieder eine Spur lauter.

"Das Thema Heirat und Wohnung ist für mich beendet. Ich habe langsam das Gefühl, ich rede gegen eine Wand", sagte ihr Vater, schaltete den Fernseher an und schaute demonstrativ stur auf den Bildschirm.

Stefanie spürte, dass da wohl nichts zu machen war. Wenn ihr Vater in diesem Ton sprach, konnte weder sie noch Marco ihn umstimmen.

Wenigstens nicht jetzt.

"Dann kann ich ja wohl gehen. Stefanie, bringst du mich raus?" fragte Marco und stand wieder auf.

Diesmal reichte er weder ihrem Vater noch ihrer Mutter zum Abschied die Hand. Er war sauer. Er sagte nur kurz Tschüs und ging raus. Stefanie schaute ihre Mutter, die während der ganzen Zeit nur zugehört und kein einziges Wort gesagt hatte, bittend an.

"Ja, bring ihn raus", sagte sie.

Stefanie ging ihm nach. Draußen vor der Tür nahm Marco sie in die Arme. "Schatz, ich werde mir was überlegen müssen. Das lass ich mir nicht von deinem Alten gefallen."

"Aber was sollen wir denn machen? Wir müssen eben warten, bis ich achtzehn bin. Vielleicht lässt er uns ja auch früher heiraten."

"Ich warte doch nicht jahrelang. Wir hauen ab. Ganz einfach."

Stefanie zögerte einen Augenblick. War das sein Ernst?

"Nein, das kann ich nicht machen", flüsterte sie. Hoffentlich hatten ihre Eltern nicht gehört, was er gesagt hatte.

"Entweder willst du mit mir zusammenbleiben oder nicht. Das musst du schon wissen. Und wenn wir zusammenbleiben wollen, müssen wir auch etwas dafür tun."

"Marco, ich war heute beim Arzt", versuchte sie abzulenken.

"Ja und?" meinte er ungehalten.

"Ich muss morgen früh noch mal hin zum Blutabnehmen. Dann krieg ich einen Mutterpass. Er hat gesagt, ich soll mich bald zu einem Schwangerschaftskurs anmelden. Damit die Geburt leichter ist oder so", versuchte sie zu erklären. Abhauen! Das konnte doch nicht sein Ernst sein.

"So ein Quatsch. Du wirst auch so in der Lage sein, das Kind zu kriegen."

Stefanie konnte nicht verstehen, dass ihn der Arztbesuch nicht interessierte. Für sie war es aufregend gewesen.

"Hör mal, ich muss jetzt gehen, kommst du morgen nach der Schule? Jetzt brauchst du ja nicht mehr sagen, dass du zu Jenny gehst. Dann reden wir noch mal über das Thema Wohnung. Übrigens hast du noch gar nicht gefragt, wo die Wohnung ist, die ich gefunden habe. Aber ich habe jetzt auch keine Zeit mehr, da können wir morgen drüber reden. Tschau Bella." Er gab ihr noch einen Kuss und ging dann.

Stefanie ging nicht sofort wieder rein. Sie schaute ihm eine Weile nach. Mit ihm in eine kleine Wohnung einziehen, dass wäre schon schön. Sie versuchte, sich auszumalen, wie die Wohnung aussehen könnte. Vielleicht überlegte sich ihr Vater die Sache ja noch.

Langsam ging Steffi wieder ins Wohnzimmer, wo ihre Eltern noch waren und miteinander geredet hatten. Als Stefanie eintrat, hörten sie allerdings sofort mit dem Gespräch auf.

"Gute Nacht, ich geh jetzt ins Bett. Mama, fährst du mich morgen wieder zum Arzt?" fragte Stefanie.

"Was? Ach ja, natürlich fahr ich dich. Nacht Stefanie."

Stefanie ging in ihr Zimmer und zog sich aus. Sie ging, nur mit Unterhose bekleidet ins Badezimmer, stellte sich auf die Badewanne. Jetzt konnte sie sich im Spiegelschrank, der über dem Waschbecken hing, betrachten. Sie sah auf ihren Bauch. Von vorne war nichts zu sehen. Nicht die kleinste Wölbung. Sie drehte sich etwas. Von der Seite auch nicht. Wann der Bauch wohl anfing, dicker zu werden? Und wie sah sie dann aus? Da sollte ein Baby drin sein, das konnte sie sich eigentlich gar nicht vorstellen. Aber sie hatte ja jetzt wirklich den Beweis. Der Arzt hatte gesagt, sie sei schwanger. Wie groß mochte das Baby jetzt sein?

Als sie später im Bett lag, dachte sie über den heutigen Tag nach. Marco würde doch wohl nicht annehmen, dass sie mit ihm tatsächlich abhauen würde. Einfach weg. Nein, das konnte sie nicht. Und dann noch womöglich ins Ausland, damit ihre Eltern sie auch nicht fanden.

Die einzige Möglichkeit war, abzuwarten, bis sich ihr Vater etwas beruhigte. Dann könnte sie noch einmal versuchen, mit ihm zu reden. Vielleicht überlegte er es sich ja, wenn er erst merkte, dass sie es wirklich ernst meinte. Und Marco meinte es auch ernst. Das musste Papa doch klar sein, dachte sie.

Am nächsten Morgen war ihr nicht übel, als sie aufstand. Nachdem sie angezogen war und ihre Geschwister aus dem Haus waren, fuhr sie wieder mit ihrer Mutter zum Arzt. Dort kam sie sofort dran, ohne zu warten. Ihr wurde Blut abgenommen, dann konnte sie mit dem Hinweis, dass der Mutterpass in einer Woche abgeholt werden konnte, wieder gehen.

Wieder im Auto bei ihrer Mutter fragte sie: "Mama, findest du es denn wirklich so schlimm, dass ich Marco heiraten will?"

Ihre Mutter überlegte einen Moment und sagte dann: "Schlimm ist eigentlich nicht der richtige Ausdruck. Ich finde es zu früh. Ich glaube, und davon bin ich fest überzeugt, dass du in ein oder zwei Jahren anders darüber denkst, als jetzt. Deshalb solltest du noch warten. Wenn du ihn dann immer noch heiraten willst, können wir nichts daran ändern. Dann ist es auch o.k. Aber jetzt wirklich noch nicht."

Immer die selbe Leier, dachte Stefanie.

An der Schule parkte ihre Mutter den Wagen. „Steffi, sag bitte noch nichts. Ich werde diese Woche noch mit deinem Lehrer sprechen."

"Ich hätte sowieso nichts gesagt. Tschüs, bis heute mittag."

In der Schule angekommen, war es Steffi peinlich, weil alle Schüler schon auf ihren Plätzen saßen. Sie war eine Stunde zu spät. Sie ging zum Pult und reichte ihrem Lehrer die Entschuldigung für den gestrigen Tag und sagte nur kurz: "Ich musste heute morgen zum Arzt. Und hier ist die Entschuldigung für gestern."

"Gut, setz dich bitte", sagte er und fuhr mit dem Unterricht fort.

In der Pause stand sie mit Jenny unter dem Raucher-Baum. "Jenny, ich muss dir heute nach der Schule was erzählen. Können wir zusammen nach Hause laufen?"

"Laufen? Muss das sein?" Jenny war nicht begeistert.

"Bitte Jenny. Ich würde ja heute nachmittag zu dir nach Hause kommen, aber ich muss zu Marco."

"Natürlich, du musst zu deinem Marco. Und wegen dem soll ich laufen."

Jenny war beleidigt. Das wurde ja immer schöner.

"Na gut, dann eben nicht." Stefanie sagte das mit der Absicht, Jenny doch noch zu überreden. Sie wusste, dass Jenny mit ihr keinen Krach haben wollte. Stefanie dreht sich um, so dass Jenny nur noch ihren Rücken sah.

"Ja, ja, laufen wir eben. Laufen ist gesund, oder?" Jenny dachte dabei nicht daran, dass Stefanie sauer sein könnte, wenn sie ablehnte. Aber sie war sehr neugierig. Wenn Stefanie laufen wollte, musste es schon einen triftigen Grund geben. Und den wollte sie erfahren.

Die Pause war um, jetzt war Sport an der Reihe. In der Turnhalle war es laut, die Mädchen spielten Handball. Stefanie sah an sich herunter. Nein, sie hatte doch gestern abend schon festgestellt, dass man noch nichts sah. Und bis heute war der Bauch schließlich nicht gewachsen.

Die zwei Stunden Sport zogen sich in die Länge. Doch endlich war es geschafft und sie zogen sich wieder um.

"Also, was willst du mir sagen?" fragte Jenny in der Umkleide.

"Warte, bis wir draußen sind."

Sie gingen nebeneinander über den Schulhof und schwiegen. Jenny wartete. Aber nicht lange. Dazu hatte sie keine Geduld. Kaum vom Schulhof runter, sagte sie erneut: "Los, sag schon. Was gibt's?"

Stefanie sah sich um, ob auch niemand in der Nähe war.

"Mein Gott, so geheim", Jenny lachte. Stefanie konnte sich aber auch anstellen.

Nachdem Stefanie sich nochmals vergewissert hatte, dass niemand in der Nähe war, sagte sie zu ihrer Freundin: "Jenny, ich bin schwanger. Meine Eltern wissen es schon."

Jenny blieb wie vom Schlag getroffen stehen. Sie riss ihre Augen auf. Hatte sie richtig gehört? "Im Ernst?"

"Ganz im Ernst."

"Mensch, und jetzt? Was machst du jetzt? Und Marco, weiß er es schon? Lässt du abtreiben? Bist du dir auch sicher?" Jenny war völlig aus dem Häuschen.

"Stell doch bitte nicht tausend Fragen auf einmal. Was soll ich schon machen? Wir wollen heiraten. Aber meine Eltern sind dagegen. Ich habe es außer meinen Eltern noch niemandem gesagt. Also sag bitte niemandem etwas davon."

Jenny hatte das Gefühl, Stefanie benahm sich gerade so, als hätte sie ihr gesagt, dass sie einen Pickel bekommen würde. Sie kapierte nicht, wie Stefanie so gelassen sein konnte, und ihr erzählte, sie sei schwanger, als wäre es das normalste auf der Welt.

"Ich habe übrigens gedacht, wir erzählen uns alles. Ich meine, warum hast du mir nicht gesagt, dass du mit ihm geschlafen hast? Wir hatten uns doch versprochen, wenn es mal soweit ist, dass wir uns das erzählen. *Ich* hätte es dir gesagt."

Jenny war enttäuscht darüber, dass sie es erst jetzt erfuhr, dass ihre Freundin keine Jungfrau mehr war. Schlimmer noch, sie war schwanger!

Stefanie sagte dazu nichts. Was sollte sie auch sagen? Es stimmte schließlich, dass sie mit Jenny abgemacht hatte, sich gegenseitig alles zu erzählen.

"Sag mal, was sagen denn deine Eltern dazu?" wollte Jenny nun wissen.

"Was sollen die schon sagen? Denen wäre es natürlich lieber, wenn ich nicht schwanger wäre. Ich glaube, sie sind enttäuscht von mir. Aber mir ist das egal."

"Ich glaube fast, dir ist alles egal. Deine Eltern, deine Freundin, und vor allen Dingen ist dir egal, dass du schwanger bist. Nur Marco, der ist dir nicht egal. Ich kann nichts dafür, aber ich kann ihn nicht leiden."

Stefanie sah Jenny an. "Ich weiß, du konntest ihn von Anfang an nicht leiden. Aber ich muss ja schließlich mit ihm zusammen sein, nicht du. Wir wollten ein Baby und nun kriegen wir eins. Wir wollen heiraten. Wenn meine Eltern ihre Zustimmung nicht geben, warten wir eben. Also, ich meine, ich würde warten."

Langsam schlenderten die beiden nebeneinander. "Was heißt: Ich würde warten? Will Marco nicht warten? Und was bedeutet: Wir wollten ein Baby", fragte Jenny.

"Wir wollten bedeutet, dass wir es mit Absicht getan haben." Stefanie sagte es fast trotzig. Verstand ihre Freundin sie etwa auch nicht?

Für Jenny war das zuviel auf einmal. Erstens konnte sie kaum glauben, dass ihre Freundin mit diesem Mann im Bett oder wo auch immer intim gewesen war. Und dann behauptete sie auch noch, dass sie mit voller Absicht ein Baby gemacht hatten.

Jenny fragte plötzlich, wobei sie auf Stefanies Bauch schaute: "Man sieht ja noch nichts. Im wievielten Monat bist du denn?"

"Im zweiten, ich komme schon bald in den dritten. Der Arzt hat ausgerechnet, dass das Baby ungefähr am siebten Januar kommt."

"Sag mal Stefanie, fühlst du denn etwas im Bauch? Ich meine, bewegt es sich? Oder fühlst du dich schwanger? Ich kann mir das nicht vorstellen. Meine Cousine hat ja letztens auch ein Baby gekriegt. Ihr ging es während der Schwangerschaft gar nicht gut. Sie musste sich immer schonen. Die war sooo dick", sagte Jenny und versuchte mit beiden Armen zu zeigen, wie dick ihre Cousine während der Schwangerschaft gewesen war.

"Na, das die nicht geplatzt ist. So dick war sie doch bestimmt nicht", sagte Stefanie. Sie wusste ja, dass Jenny gerne übertrieb.

"Doch, bestimmt. Das Baby ist gesund und munter. Ganz süß. Aber schreien kann es, dass hält man kaum aus. Ich habe es erst letzte Woche gesehen."

Die beiden gingen eine Zeitlang schweigend nebeneinander her, bis Jenny wieder eine Frage einfiel: "Stefanie, was machst du denn mit der Schule? Wenn das Baby kommt, ist ja gerade mal das erste Halbjahr vom neunten um. Und dann? Kommst du danach wieder? Will deine Mutter auf das Kind aufpassen?"

"Jenny, also wirklich. Darüber mache ich mir keine Gedanken. Das ist doch noch so lange hin, bis das Kind erst mal da ist. Da denke ich noch nicht dran. Aber was mir Sorgen macht und worüber ich eigentlich mit dir reden wollte, ist, dass Marco sich gestern abend so komisch verhalten hat. Erstens hat er gesagt, dass er eine Wohnung für uns gefunden hat. Mein Vater will mich aber nicht ausziehen lassen. Ich weiß allerdings nicht, wo die Wohnung ist und wie sie aussieht. Und zweitens hat er so eine Andeutung gemacht. Heimlich heiraten oder abhauen oder so. Er will heute nachmittag mit mir darüber reden. Davor habe ich Angst. Er ist neuerdings immer so schnell sauer. Wenn nicht alles so funktioniert, wie er es haben will, platzt ihm der Kragen. Ich weiß nicht, was ich machen soll. Was soll ich ihm sagen, wenn er mich fragt, ob ich nun mit ihm abhauen will oder nicht?"

Stefanie war verzweifelt. Sie war blieb stehen und sah Jenny an. Dieser Blick, der bedeutete „Hilf mir" verunsicherte Jenny. Wie, zum Teufel noch mal, sollte sie ihrer Freundin helfen?

"Ich glaube nicht, dass er ernsthaft vorhat, mit dir abzuhauen. Das bringt doch nichts. Ihr werdet eh gefunden. Und dann ist er dran. Der ist doch nicht blöde. Das wird er ja wohl wissen. Aber ich verstehe nicht, warum du Angst hast, ihm einfach zu sagen, das für dich abhauen nicht in Frage kommt."

"Einfach sagen ist gut. Dann wird er sauer. Vielleicht droht er damit, Schluss zu machen."

"Hat er das schon einmal getan?"

Stefanie war nahe dran, zu heulen. Sie antwortete nicht.

"Komm, wir müssen weiter", sagte Jenny, hakte sich bei ihr unter und zog sie einfach mit.

„Steffi, der macht doch jetzt nicht einfach Schluss. Du bist doch schwanger von ihm. Nein, das macht er bestimmt nicht. Und andererseits: Würde die Welt untergehen, wenn er schlussmachen würde?"

"Ja, die würde untergehen! Guck nicht so. Ich liebe ihn nun mal. Ich habe doch nur ihn."

"Das ich nicht lache. Jetzt mach aber mal einen Punkt. Du hast deine Eltern, deine Geschwister, ein eigenes Zimmer, eine Freundin, eine besonders gute sogar", Jenny lächelte verschmitzt. "Und vergiss nicht, du hast ein Baby im Bauch", kam noch hinterher.

Aber Jenny konnte Stefanie nicht überzeugen. Sie hatte vor dem Nachmittag mit Marco Angst. Was würde sie tun, wenn er sie unter Druck setzte? Sie wusste es nicht.

Mittlerweile waren sie vor dem Haus angekommen, in dem Jenny wohnte.

Jenny sagte noch zum Abschied: "Ruf mich doch bitte an, wenn du von Marco wieder zurück bist. Ich will wissen, was los ist. Sagst du eigentlich deinen Eltern, dass du zu ihm gehst oder sagst du wieder, du kommst zu mir? Das muss ich wissen. Sonst sage ich womöglich, du warst hier und du hast gesagt, du bist bei ihm. Das wäre peinlich, dann fliegt unser Schwindel auf."

"Was soll auffliegen? Meinst du, meine Eltern können sich nicht denken, dass ich immer bei Marco war und nicht bei dir? Deshalb sind sie ja so sauer, weil ich sie angelogen habe", antwortete Stefanie.

Jenny ignorierte Stefanies Antwort. "Was ist, rufst du an?"

"Ja", sie hob die Hand zum Abschied. „Tschüs Jenny", sagte sie und ging den Rest alleine weiter. Sie musste noch knappe fünf Minuten laufen.

Zuhause angekommen, wartete eine Überraschung auf sie, mit der sie nicht gerechnet hatte. Denn darüber hatte sie sich nun wirklich keine Gedanken gemacht. Und Marco auch nicht, vermutete sie.

Ihre Mutter sagte ihr, dass sie beim Jugendamt angerufen hätte, weil sie sich erkundigen wollte, was denn zu beachten sei, wenn eine Minderjährige ein Kind bekommt.

"Warum hast du das gemacht?" fragte Stefanie entsetzt.

Jugendamt! Allein das Wort hörte sich schon schlecht an.

"Weil du noch nicht volljährig bist, wenn das Kind kommt. Schließlich muss ich mich doch erkundigen. Und da habe ich so einiges erfahren. Erstens muss Marco, wenn das Baby da ist, eine Vaterschaftsanerkennung unterschreiben. Dann hast du auch Anspruch - oder besser gesagt, das Kind hat Anspruch auf Unterhaltszahlungen.

Und das Kind bekommt, aber nur bis du achtzehn bist, einen Vormund vom Jugendamt. Ich habe mit der Dame vom Jugendamt einen Termin für nächste Woche gemacht. Die will sich mit dir einmal unterhalten", sagte ihre Mutter.

Stefanie fand das gar nicht gut. "Warum soll das Kind einen Vormund bekommen? Das kapier ich nicht. Ich bin doch da. Und ihr. Ihr seid auch noch da. Wir brauchen keinen fremden Vormund", regte sie sich auf. Sie war sauer auf ihre Mutter. Das würde natürlich auch ihr Vater erfahren. Und dann musste sie wohl zum Jugendamt, ob sie wollte oder nicht. Er würde darauf bestehen. Es musste ja immer alles seine Ordnung haben.

"Du, Mama, nach den Hausaufgaben wollte ich zu Marco gehen. Wir haben uns für heute verabredet", sagte Stefanie und tat, als ob sie sich mit dem Termin beim Jugendamt nicht weiter befasse.

Ihre Mutter wunderte sich wieder einmal, wie Stefanie von einem Thema zum anderen wechselte. Das machte sie immer so, wenn sie nicht mehr weiterwusste.

"Ach. Zu Marco? Nicht zu Jenny? Das wundert mich aber sehr", antwortete sie ironisch. Schließlich hatte sie Stefanie durchschaut und wusste, dass sie angelogen worden war. Und das eine ganze Zeit lang, ohne es zu merken.

Stefanie hatte mit dieser Reaktion gerechnet. Egal, ihre Mutter würde sich schon wieder beruhigen.

In letzter Zeit kamen ihr manchmal seltsame Gedanken. Sie fragte sich, wie sie selbst reagieren würde, wenn sie in ein paar Jahren einmal bemerken würde, dass ihr eigenes Kind sie anlog. Quatsch. Sie strich sich mit der rechten Hand die Haare aus der Stirn, so, als ob sie damit auch diese absurden Gedanken wegstreichen könnte.

„Du hast Glück. Die Kneipe ist endgültig zu. Papa hat schon mit dem Verpächter gesprochen. Die Kneipe bleibt zu und Gott sei Dank können wir noch hier wohnen bleiben. Ich dache schon, wir müssten ausziehen, wenn wir die Kneipe schließen", sagte ihre Mutter. Doch Stefanie interessierte es herzlich wenig, ob sie nun hier oder anderswo mit ihren Eltern wohnte. Das war egal. Aber das die Kneipe jetzt endgültig zu war, das war ihr nicht egal. Das freute sie. Endlich! Das war jetzt plötzlich aber schnell gegangen.

Nach den Hausaufgaben machte sie sich auf den Weg zu ihrem Freund. Unterwegs dachte sie an das Gespräch mit Jenny.

Ob Jenny Recht hatte? Hoffentlich. Und wenn nicht? Konnte sie sich überreden lassen, mit ihm tatsächlich abzuhauen? Andererseits, sie hatte sich ja auch überreden lassen, ein Kind zu kriegen. Und ein Kind bekam man nicht vom Küssen. Also hatte er ihr erklärt, wenn sie nicht bereit war, mit ihm zu schlafen, war sie auch nicht bereit, mit ihm zusammen zu bleiben. Und gerade deshalb hatte sie eingesehen, dass sie mit ihm schlafen musste. Und übrigens, das war doch das normalste auf der Welt, oder etwa nicht?

Marco erwartete sie schon. Sie begrüßten sich mit einem Kuss.

Stefanie setzte sich neben ihn und kuschelte sich an ihn.

"Sag mal, warum bist du eigentlich zu Hause und nicht arbeiten?" fragte sie ihn.

"Ich habe mir freigenommen. Wegen der Wohnung. Da wollte ich heute mit dir hin. Und abends ist es zu spät dafür. Also habe ich frei. Und morgen übrigens auch."

"Marco, die Wohnung brauchen wir uns doch eigentlich gar nicht erst anzusehen. Mein Vater ist doch dagegen, dass ich ausziehe", sagte sie leise. Sie drückte sich eng an ihn.

"Quatsch, wenn du mit mir einziehen willst, dann machst du das auch. Oder meinst du, dein Alter kettet dich zu Hause an? Und übrigens, wenn du erst mal ausgezogen bist, willigt er bestimmt auch ein, dass wir heiraten können. Und wenn nicht ...", er machte eine Pause.

"Dann was?" fragte sie, denn offensichtlich wartete er auf diese Frage.

"Dann setzen wir uns ab. Ganz einfach."

"Ganz einfach. Das sagst du so. Was meinst du mit absetzen?"

"Wenn dein Alter von alleine nicht will, müssen wir ihn zwingen. Das meine ich mit ganz einfach."

Stefanie schluckte. Wie sollte sie ihm beibringen, dass sie dazu nicht bereit war. Eigentlich hatte sie schon genug Ärger am Hals. Hinzu kam die Sache mit dem Jugendamt. Das musste sie Marco auch sagen. Sie holte tief Luft und sagte: "Marco, abhauen ist nicht drin. Das finde ich nicht gut. Und übrigens glaube ich, dass man uns sowieso schnell findet. Und dann? Nein, das mache ich nicht mit. Und wegen der Wohnung kann ich ja noch mal mit Papa reden."

Er schob sie von sich, seine Augen begannen gefährlich zu funkeln. Immer wenn er wütend wurde, veränderte sich die Augenfarbe. Sie waren dann fast schwarz.

"Mit Papa reden, mit Papa reden. Was soll das? Du weißt doch genau, dass er nicht will, dass wir heiraten. Ich habe immer gedacht, er hat nichts gegen mich. Und Stefanie, ich habe wirklich keine Lust, zu warten, bis du achtzehn bist. Weißt du, wie lange das noch dauert? Nein danke. Ich bin enttäuscht von dir. Ich dachte, du liebst mich. Aber anscheinend geht deine sogenannte Liebe nicht weit. Und übrigens kann ich hier sowieso nicht mehr lange wohnen. Meine Eltern wollen mich rausschmeißen. Wegen dir. Weil du schwanger bist. Sie sind gegen eine Verbindung mit dir. An meinen Ärger denkst du wohl nicht? Vergiss nicht, was ich alles für dich getan habe. Also kann ich ja wohl erwarten, dass du jetzt auch etwas für mich tust, oder?" Marco hatte sich in Wut geredet.

"Ich kann doch nichts dafür, wenn deine Eltern sauer auf dich sind. Du wusstest doch, dass sie es nicht gerne gesehen haben, dass du mit mir zusammen bist. Und was hast du denn alles für mich getan?"

Stefanie wartete auf eine Antwort. Die kam aber nicht. Statt dessen drehte er sich um, so dass sie jetzt seinen Rücken vor sich hatte und sagte: "Dann hau doch ab. Geh. Geh und lass mich mit meinen Problemen alleine. Aber das sag ich dir: Das werde ich dir nie verzeihen!"

Stefanie konnte ihre Tränen nicht mehr zurückhalten. Sie saß da und heulte.

"Und ich?" schluchzte sie. "Habe ich keine Probleme? Meine Eltern sind auch sauer auf mich. Ich habe auch viel für dich getan, wenn du das so siehst. Ich bin schwanger und habe Ärger mit meinen Eltern. Und in der Schule. Wer weiß, was da noch alles kommt. Ich kann die Schule ja noch nicht einmal beenden. Aber das ist mir alles egal. Wenn wir nur zusammenbleiben. Dann hat es sich gelohnt. Marco, ich habe dich doch lieb." Sie streichelte langsam seinen Rücken.

Es vergingen ein paar Sekunden, die ihr wie Minuten vorkamen. Sie saß da und wartete. Irgend etwas musste er doch sagen. Vorher würde sie hier nicht weggehen!

Endlich drehte er sich wieder zu ihr und sagte: "Na gut, ich gebe dir noch eine Chance. Red noch mal mit deinem Vater darüber. Aber denk daran, ich erwarte von dir, dass du mit mir in die Wohnung ziehst. Wie stehe ich denn da, wenn ich dort alleine einziehe? Ich habe dem Vermieter doch gesagt, ich brauche die Wohnung für mich und meine schwangere Frau. Hoffentlich kannst du deinen Alten überreden. Wenn ja, wird alles wieder gut. O.K., wir schauen uns die Wohnung erst morgen an."

Jetzt nahm er sie sogar wieder in den Arm und streichelte ihr über den Kopf, so als wäre sie ein kleines Kind, das er beruhigen müsste.

Stefanie atmete hörbar auf. Also liebte er sie doch.

„Und, hast du heute weniger geraucht?" fragte er jetzt schon etwas freundlicher.

„Ich habe heute sehr wenig geraucht", log sie.

„Das freut mich. Und das Baby bestimmt auch."

Stefanie blieb noch eine Weile bei Marco. Er schmiedete Zukunftspläne. Er sagte ihr, welche Namen er für das Kind ausgesucht hatte. Wenn es ein Junge werden würde, müsste es selbstverständlich Josef heißen. So wie Marcos Vater. Er war der Meinung, gerade die alten Namen wurden jetzt wieder modern. Das war in seiner Familie so üblich. Und wenn es ein Mädchen würde, dann müsste es Cäcilia heißen. Stefanie gefielen die Namen absolut nicht, aber sie sagte nichts dazu. Warum sollte sie ihn wieder verärgern? Bis das Kind da sein würde, das dauerte schließlich noch einige Monate. Da hatte sie keine Lust, jetzt schon wegen des Namens zu streiten.

Als Stefanie dann wieder nach Hause gehen wollte, verabredeten sie sich für den nächsten Nachmittag. Er wollte ihr dann die Wohnung zeigen.

Stefanie ging auf dem Nachhauseweg sehr langsam. Sie brauchte die Zeit, um nachzudenken. Sollte sie mit ihrem Vater darüber reden oder lieber mit ihrer Mutter? Und dann konnte ihre Mutter es ja ihrem Vater sagen. Nein, das war auch blöd. Sie musste einfach einige Zeit abwarten, bis ihr Vater guter Laune war. Aber andererseits, Marco wollte morgen schon wissen, ob sie mit ihm in die Wohnung einzog.

Das beste würde wohl sein, wenn sie Jenny anrief und mit ihr darüber redete. Vielleicht wusste die ja einen Ausweg.

Stefanie schloss die Tür zur Wohnung auf, da kam ihre Mutter ihr schon entgegen. „Steffi, wir haben schon auf dich gewartet. Wir wollen noch einmal mit dir reden. Komm bitte."

Was sollte das schon wieder? Sie hatte keine Lust mehr, über Marco, das Baby, Jugendamt oder sonst was zu reden. Sie hatte in den letzten zwei Tagen genug darüber geredet.

Im Wohnzimmer saß ihr Vater. Er hatte mit seiner Frau über Stefanie gesprochen und meinte, es wäre besser, noch einmal mit Stefanie über alles zu reden. Und zwar ohne Marco. Er hatte das Gefühl, dass sie verunsichert war, wenn Marco dabei war.

Stefanie setzte sich also zu ihren Eltern und wartete. Ihr Vater räusperte sich und sagte dann: "Steffi, wir haben uns alles noch einmal durch den Kopf gehen lassen. Ich habe eine Frage an dich. Und ich möchte, dass du erst überlegst, bevor du antwortest. Meinetwegen kannst du auch erst morgen antworten."

Er machte eine kurze Pause und blickte Stefanie direkt in die Augen.

Sie sah ihn an und fragte: "Was denn, Papa?"

"Willst du das Kind wirklich bekommen? Oder hast du vielleicht schon mal daran gedacht, abtreiben zu lassen?"

Stefanie starrte ihn entgeistert an. Da gab es nichts zu überlegen.

"Papa, ich werde es auf keinen Fall wegmachen lassen. Ich will das Kind haben."

"Gut, wenn du dir ganz sicher bist, werden wir das Thema Abtreibung nicht mehr ansprechen. Du kannst das Kind bekommen. Aber hast du dir überlegt, was sein wird, wenn das Kind erst mal da ist? Was ist mit der Schule? Und Stefanie, was noch viel wichtiger ist, so ein Baby, das ist keine Puppe, die man in die Ecke stellen kann, wenn man sie nicht mehr haben will."

Er hatte sich die Worte vorher sorgsam zurechtgelegt. Bloß jetzt nichts Falsches sagen und Stefanie bockig machen.

Er sah Stefanie eindringlich an.

Stefanie antwortete, ohne lange zu überlegen: "Papa, ich weiß auch, dass ein Baby keine Puppe ist. Und die Schule? Die mache ich nicht weiter. Da ich gute Noten habe, hoffe ich doch, dass ich trotzdem das Abschlusszeugnis bekomme. Wenn nicht, mache ich es später einmal nach."

"Und was ist mit arbeiten oder mit einer Ausbildungs-stelle?"

"Wieso arbeiten? Ich geh nicht arbeiten. Marco arbei-tet doch."

"Ja, Marco geht arbeiten. Aber ich habe dir meine Meinung schon gesagt. Ihr werdet nicht heiraten. Und du wirst nicht ausziehen. Darin sind wir uns einig. Mama ist derselben Meinung wie ich. Wir wollen euch nicht auseinanderbringen. Ich werde dir auch nicht verbieten, ihn zu sehen. Er kann auch mal hier-hin kommen. Mehr aber nicht. Stefanie, versteh das doch. Du kannst nicht mit fünfzehn Jahren heiraten", versuchte er ihr zu erklären.

Allerdings bemerkte er, dass seine Erklärung bei Ste-fanie nicht so ankam, wie er es gerne wollte. Er hatte das Gefühl, als wenn Stefanie Augen und Ohren ver-schließen würde. Er musste an ein Sprichwort denken: Liebe macht blind. Und Stefanie war zur Zeit blind.

Stefanie sah dies natürlich ganz anders. Sie verstand nicht, warum ihr Vater der Ansicht war, sie würde jemals ihre Meinung über Marco ändern. Ja gut, sie musste zugeben, manchmal ärgerte sie sich über ihn. So wie heute. Aber mittlerweile hatte sie kapiert, dass er es nicht so meinte. Heute hatte er ja auch zum Schluss wieder nachgegeben.

Schließlich hatten sie sich immer wieder versöhnt. Und wenn er sie dann anlächelte, war der Streit für sie wie weggeblasen.

"Papa, dass wir nicht heiraten dürfen, habe ich lang-sam kapiert. Aber warum lässt du mich nicht mit ihm in die Wohnung einziehen? Ich bekomme doch ein Kind von ihm." Stefanie hatte allen Mut zusammengefasst, um das zu sagen. Wann merkte er endlich, dass es ihr ernst damit war?

"Nein! Und noch mal nein! Frühestens mit siebzehn kannst du ausziehen. Wenn du dann noch willst, habe ich nichts dagegen einzuwenden. Dein Kind ist dann zwei Jahre alt. Solange bleibst du hier. Glaube mir, ich will nur dein Bestes." Er sah etwas hilflos seine Frau an. Sie saß neben Stefanie und legte nun einen Arm um die Schultern ihrer Tochter.

„Steffi, sieh es doch bitte endlich ein. Wir können es nicht verantworten, dass du jetzt schon ausziehst."

Stefanie hatte ihr nicht zugehört. Sie musste an Marco denken. Er erwartete, dass sie ihre Eltern überredete, mit ihm in die Wohnung einziehen zu können. Aber nachdem, was ihre Eltern da gerade gesagt hatten, konnte sie das wohl vergessen. Wie sollte sie ihren Vater überreden? Mit Tränen? Aber schließlich konnte sie nicht auf Kommando heulen. Und ob das was brachte? Eigentlich hatte sie gedacht, allein die Tatsache, dass sie schwanger war, hätte ihn davon überzeugt, dass sie mit Marco zusammenbleiben wollte. Aber leider war das nicht so. Wenn man die Sache so sah, war sie eigentlich ganz umsonst schwanger geworden.

Da Stefanie sowieso nichts mehr an der Meinung ihrer Eltern ausrichten konnte, wechselte sie das Thema und fragte: "Darf ich Jenny noch anrufen? Ich habe es ihr versprochen."

"Ja, aber mach es bitte kurz. Es ist schon spät."

Stefanie ging hinaus in die Diele, wo das Telefon stand. Sie wählte die Nummer und wartete, bis sich ihre Freundin meldete.

"Ich dachte schon, du hättest mich vergessen", sagte Jenny.

"Nein, aber es ging nicht früher. Jenny, ich habe Ärger mit Marco. Oder besser gesagt, ich kriege Ärger mit ihm, wenn er erfährt, dass ich nicht mit ihm in die Wohnung ziehen darf. Meine Eltern lassen sich nicht überreden. Sie haben vorhin noch mal mit mir alles durchgekaut. Die alte Leier. Ich bin zu jung. Und so weiter, bla, bla, bla. Da ist nichts zu machen."

"Mensch, Stefanie, ich weiß gar nicht, was du hast. Was meinst du wohl, wie meine Eltern reagiert hätten, wenn ich denen so gekommen wäre? Was erwartest du eigentlich? Das sie sich freuen? Und übrigens finde ich es auch besser, wenn du zu Hause bei deinen Eltern bleibst."

"Von dir habe ich aber gedacht, dass du zu mir halten würdest. Bist du nun meine Freundin oder nicht?" Stefanie war enttäuscht.

"Natürlich halte ich zu dir. Aber ich kann doch wohl eine andere Meinung haben als du. Oder muss ich immer der gleichen Meinung sein?"

"Nein, du sollst nicht immer die gleiche Meinung haben wie ich. Aber du solltest versuchen, mich zu verstehen. Marco hat gesagt, er will unbedingt mit mir in die Wohnung einziehen. Sonst ist er sauer. Und zwar sehr."

"Na und? Lass ihn doch sauer sein. Ich habe dir doch schon mal gesagt, der macht nicht Schluss. Das sagt er doch immer nur, um dich unter Druck zu setzen. Sag ihm morgen klipp und klar, du kannst nicht mit ihm in die Wohnung einziehen. Fertig. Wenn er sauer ist, dann kriegt er sich irgendwann auch wieder ein. Du wirst sehen. Schließlich kann er dich nicht zwingen, dort einzuziehen," versuchte Jenny ihrer Freundin klarzumachen.

"Jenny, du sagst das so einfach. Du kannst dir ja nicht vorstellen, wie das ist, wenn man einen festen Freund hat."

Jetzt wurde Jenny langsam ärgerlich. "Um mir vorzustellen, wie du mit Marco Krach hast, brauche ich keinen Freund. Und übrigens finde ich es unfair von dir, mir das vorzuhalten. Ich will auch gar keinen festen Freund. Ich lass mir eben mehr Zeit als du," antwortete Jenny zickig.

"Komm, lass uns aufhören, zu zanken. Ich will nicht auch noch mit dir Ärger haben. Freund oder nicht. Ist doch egal. Übrigens, meine Mutter bringt mich morgen zur Schule. Sie will mit dem Bruckmann reden. Mal sehen, wie der reagiert. Was meinst du?" Herr Bruckmann war ihr Klassenlehrer.

Stefanie wollte eigentlich nicht, dass ihr Lehrer es schon erfuhr. Aber ihre Mutter bestand darauf. Sie meinte, besser es jetzt schon sagen, bevor man bei ihr was sah und der Lehrer womöglich dann Fragen stellte.

Jenny antwortete: "Der Bruckmann wird wohl nichts sagen. Aber warte mal ab. Der doofe Teiler. Der hat es doch sowieso auf dich abgesehen. Er wird bestimmt etwas dazu sagen."

Stefanies Mutter rief vom Wohnzimmer aus: "Steffi, du solltest es doch kurz machen. Es ist schon halb zehn. Leg bitte bald auf."

"Jenny, du hast es gehört. Ich muss auflegen. Also Tschüs, bis morgen."

"Tschüs. Und mach dir keine Sorgen wegen Marco. Es wird schon gut gehen", sagte Jenny noch zum Abschied.

Stefanie legte auf und rief noch ein "Gute Nacht" zu ihren Eltern ins Wohnzimmer und ging nach oben in ihr Zimmer. Nachdem sie geduscht hatte, legte sie sich quer über ihr Bett und dachte über die letzten zwei Tage nach. Da war ordentlich was los gewesen. Und was würde erst morgen sein, wenn die Lehrer es erfuhren? Eigentlich hatte ihre Mutter ja gesagt, sie würde erst in ein oder zwei Wochen mit dem Lehrer reden. Aber nun meinte sie, je früher, desto besser.

Wenn sie daran dachte, bekam sie wieder dieses seltsame Gefühl im Bauch. Dann würde bald jeder wissen, dass sie mit Marco geschlafen hatte. Oder war es den Lehrern oder überhaupt den Erwachsenen egal? Nein, das konnte sie sich nicht vorstellen. Allein wie ihre Eltern und die Eltern von Marco reagiert hatten. Das würde sie auch noch überstehen, hoffte sie.

Am nächsten Morgen überhörte sie ihren Wecker und hätte fast verschlafen. Melissa, ihre kleine Schwester, kam ins Zimmer gelaufen und rief laut: "Aufstehen, schon sieben Uhr."

Erschrocken fuhr sie hoch uns schwang sich aus dem Bett. "Schon gut, ich komm ja schon. Schrei doch nicht am frühen Morgen hier so rum."

Während sie sich anzog, wurde ihr plötzlich schlecht. Sie rannte zur Toilette und musste sich übergeben. Da sie kaum etwas im Magen hatte, war es noch schlimmer. Sie würgte, es kam nichts.

War ja kaum zum Aushalten. Sie wusch sich das Gesicht. Ihr war immer noch nicht besser.

Beim Frühstück saßen ihre Mutter und ihre Geschwister am Tisch.

Melissa und Kevin unterhielten sich lebhaft über den Zirkus, der seine Zelte in der Stadt aufgebaut hatte. Da wollten sie unbedingt hin.

Kevin fragte: „Steffi, gehst du auch hin?"

Stefanie kam nicht zum Antworten. Sie hatte ein halbes Brötchen gegessen und war gerade dabei, ihr Frühstücksei zu pellen. Als sie den Geruch des Ei's wahrnahm, wurde ihr schlagartig wieder schlecht. Sie hielt sich den Mund zu und rannte, so schnell sie konnte, die Treppen hoch zum Bad. Dort musste sie sich wieder übergeben.

"Ist Stefanie krank?" fragte Melissa ihre Mutter.

"Nein Schatz, krank würde ich nicht sagen."

"Was denn, wenn nicht krank? Wenn man gesund ist, ist einem nicht schlecht, oder?"

Stefanie kam kreidebleich wieder in die Küche.

„Steffi, deine Geschwister wollen wissen, ob du krank bist", sagte ihre Mutter.

"Ich bin nicht krank. Ich ..." Stefanie überlegt, wie sie es wohl am besten sagen sollte.

"Du hast 'nen Braten in der Röhre", sagte Kevin plötzlich.

„Was?" Melissa schaute von einem zum anderen. Was meinte ihr Bruder?

„Sie kriegt ein Kind", erklärte Kevin.

"Ja, ich krieg ein Kind", bestätigte Stefanie. Woher hatte ihr Bruder das gewusst? Hatte er gestern abend gelauscht?

"Mensch, meine Schwester hat einen Braten in der Röhre", sagte Kevin wieder.

"Kevin!" Ihre Mutter war entsetzt. Wo hatte der Junge nur die Ausdrücke her?

"So nennt man das eben bei uns Jungs", meinte er nur. "Ist doch nix schlimmes." Er grinste.

Stefanie sagte nichts dazu. Sollte er es doch nennen, wie er wollte.

"Wo soll das Baby wohnen?" wollte nun Melissa wissen.

Stefanie wunderte sich ein wenig, dass ihre Geschwister die Neuigkeit einfach so aufnahmen. Melissa wollte wissen, wo das Kind wohnen sollte. Welch eine Frage. Nahm einfach so hin, dass sie schwanger war. Interessierte sie gar nicht weiter. Sie interessierte nur, wo das Kind wohnen sollte.

"Wie, wo es wohnen soll? Blöde Frage. Hier natürlich", antwortete Kevin.

Damit war das Thema erledigt. Es war Zeit, zur Schule zu gehen, fand ihre Mutter, denn sie wollte nicht wissen, was sonst noch für Fragen gekommen wären.

Stefanie fuhr mit ihrer Mutter zur Schule. Dort angekommen, gesellte sich Stefanie zu ihren Klassenkameradinnen. Hoffentlich bemerkte keiner, dass ihre Mutter zum Sekretariat ging. Dann würden nur dumme Fragen gestellt. Sie hatte Glück, keiner achtete auf ihre Mutter.

Jenny fragte Stefanie: "Hast du mal ne Zigarette?"

"Nein, ich dachte, du hättest welche." Stefanie wollte auch nicht rauchen. Das hatte sie doch Marco versprochen.

Ein paar Minuten später war schon der Gong zu hören. Auf dem Weg zum Klassenraum sah Stefanie, dass ihre Mutter wieder über den Schulhof ging. Das war aber schnell gegangen.

In der Klasse angekommen, mussten die Schüler noch ein paar Minuten warten, bis endlich der Lehrer kam. Der Unterricht gestaltete sich wie immer. Herr Bruckmann ließ mit keiner Miene erkennen, dass er vorhin mit Stefanies Mutter gesprochen hatte und nun wusste, dass Stefanie schwanger war.

Während er Stefanie keinen Blick mehr gönnte, als auch den anderen Schülern, beobachtete sie ihn genau. Sie konnte nicht anders, sie musste ihn immerzu ansehen, um zu erkennen, ob er sie etwa seltsam anschaute. Aber nichts.

Jetzt hoffte sie nur noch, dass die anderen Lehrer auch so reagieren würden.

Allerdings konnte Stefanie ihm ja nicht in den Kopf schauen. Natürlich machte er sich seine Gedanken, wie auch seine Kollegen. Aber Stefanies Mutter hatte darum gebeten, sich Stefanie gegenüber nichts anmerken zu lassen. Wenigstens nicht so lange, bis man ihr die Schwangerschaft ansah.

Nach dem Unterricht fuhr Stefanie zusammen mit Jenny mit dem Bus. Der Bus war voll besetzt, die Luft war stickig. Ihr wurde plötzlich schlecht, sie drückte das Signal zum Anhalten.

„Steffi, warum willst du schon hier raus? Wir müssen doch noch vier Haltestellen weiter." fragte Jenny.

"Ich muss hier raus, mir wird schlecht. Du kannst ja weiterfahren."

Aber Jenny stieg auch aus. Sie konnte doch ihre Freundin nicht alleine lassen.

"Und, schon besser?" fragte sie besorgt.

"Ja, ja , geht schon. Es war so heiß in dem Bus. Das konnte ich nicht länger aushalten."

"Du meinst wohl, das Baby wollte aus dem Bus."

"Quatsch."

"Na hör mal, sonst hat dir ein voller Bus auch nichts ausgemacht. Warum gibst du das nicht zu?"

Jenny hakte sich bei Stefanie ein und sie gingen den Rest zu Fuß weiter.

Ja, warum gab sie nicht zu, dass ihr wegen der Schwangerschaft das Busfahren schwer fiel?

Zu Hause fragte Stefanie ihre Mutter: "Mama, hast du dem Bruckmann überhaupt was gesagt? Der hat auf jeden Fall so getan, als wüsste er nichts."

"Natürlich habe ich es ihm gesagt. Was meinst du wohl, warum ich da war? Aber was soll er denn zu dir sagen? Ändern kann er jetzt sowieso nichts mehr. Zu mir hat er auf jeden Fall gesagt, so etwas ist ihm in seiner Laufbahn noch nicht passiert, dass eine seiner Schülerinnen schwanger war."

"Nicht passiert! Woher will er das denn wissen? Ich weiß zum Beispiel genau, dass letztes Jahr ein Mädchen aus dem zehnten abgetrieben hat. Die Lehrer wollen das nicht wissen. So sieht es aus." Stefanie regte sich auf. Nur weil sie jetzt nicht abtrieb, störte das also den Verlauf seiner Laufbahn.

Melissa und Kevin kamen in die Küche. "Essen fertig?" fragte Kevin.

Er sah Stefanie genau an. "Man sieht ja noch nichts", meinte er.

Stefanie überhörte das und sagte nichts dazu. Ihre Geschwister interessierten sie zur Zeit nicht. Besonders nicht Melissa. Sie war schon immer auf ihre kleinere Schwester eifersüchtig gewesen. Sie war die jüngste und wurde dementsprechend verwöhnt von ihren Eltern. Das fand Stefanie nicht gut.

Mit Kevin verstand sie sich einigermaßen. Obwohl sie fand, das Jungs in dem Alter ziemlich albern waren. Allerdings hatte sie bei ihm das Gefühl, dass er es als einziger aus der Familie als normal empfand, das seine Schwester ein Kind bekam.

Melissa allerdings fand es alles andere als normal. Und das sagte sie auch: "Steffi, warum bekommst du ein Kind?"

"Ach, lass mich in Ruhe."

"Mama, ich will kein Baby hier haben. Kann es nicht woanders wohnen, wenn es da ist?" fragte Melissa nun ihre Mutter.

"Aber Melissa, wo soll das Baby denn sonst wohnen? Und übrigens dauert es noch lange, bis es da ist. Bis dahin hast du dich ja vielleicht an den Gedanken gewöhnt", sagte die Mutter und streichelte Melissa über den Kopf.

"Dann soll Stefanie auch nicht mehr hier wohnen", sagte Melissa und freute sich, eine so tolle Lösung gefunden zu haben.

"Melissa, jetzt reicht es aber." Stefanie mischte sich nun auch ein. Ihre kleine Schwester hatte wohl einen Dachschaden.

„Steffi, wer ist denn der Papa von dem Baby? Bei dem könntet ihr doch wohnen", fiel Melissa nun ein. Es durfte kein Baby ins Haus! Dann war sie nicht mehr die Kleinste. Und was das bedeutete, wollte sie sich erst gar nicht vorstellen.

"Jetzt ist aber Schluss. Stefanie bleibt hier und das Baby auch. Melissa, Schatz, warum willst du unbedingt das Baby loswerden?" wollte die Mutter wissen.

"Wie macht man ein Kind?" fragte Melissa, anstatt auf die Frage ihrer Mutter zu antworten. Sie wusste, dass ein Mann und eine Frau ein Baby machen konnten. Aber wie? Musste man dazu nicht verheiratet sein, so wie Mama und Papa? Also war die nächste Frage: "Steffi, bist du verheiratet?"

"Das Essen ist fertig. Jetzt lass Stefanie in Ruhe. Wenn du etwas größer bist, erkläre ich dir, was du wissen willst. Aber jetzt lass uns essen", sagte ihre Mutter.

Doch damit war Melissa nicht zufrieden. "Aber wie kommt das Baby überhaupt raus?"

Keine Antwort. Warum antwortete denn keiner?

Melissa fiel noch mehr ein, was sie wissen wollte. "Wenn Stefanie jetzt zu Mittag isst, kriegt das Baby dann die gekauten und runtergeschluckten Kartoffeln zu essen? Oder braucht es nicht essen und trinken?"

Stefanie dachte darüber nach, ob sie vor vier Jahren auch so blöde gefragt hätte.

Kevin sagte nun, den Mund noch voll: "Mir ist egal, ob das Baby zerkaute Kartoffeln essen muss oder nicht. Hauptsache, dass es nicht so viel schreit, wenn es mal da ist."

Langsam wurde es Stefanie zuviel. "Wegen dir werde ich dem Baby keinen Knebel in den Mund stecken."

Nach dem Essen räumte Stefanies Mutter den Tisch ab. Während sie die Teller zusammenstellte, sagte sie: "Bis es da ist, das dauert doch noch lange. Also braucht ihr jetzt bestimmt noch nicht wegen Babygeschrei zanken."

Stefanie half ihrer Mutter beim Spülen. Danach sagte sie: "Mama, ich geh heute nachmittag wieder zu Marco. Er will mir die Wohnung zeigen. Ich muss ihm erst mal beibringen, dass ich nicht mit ihm einziehen kann."

Ihre Mutter freute sich, dass ihre Tochter sich nicht mehr gegen ihre Meinung und die ihres Mannes wehrte. Stefanie hatte wohl eingesehen, dass es nicht anders ging.

"Gut, aber komm heute abend nicht wieder so spät wie gestern. Sei bitte gegen zwanzig Uhr wieder hier."

Zu Hause bei Marco musste Stefanie erfahren, dass er gar nicht da war. Sie setzte sich also in sein Zimmer und wartete. Seine Mutter wollte sie zuerst nicht in die Wohnung lassen. Marco sei nicht da, sie solle wieder gehen. Doch so einfach ließ Stefanie sich nicht abwimmeln.

"Ich warte", hatte sie bestimmt gesagt und war einfach an der Frau vorbei in sein Zimmer gegangen.

Jetzt saß sie schon fast eine Stunde hier und er war immer noch nicht da. Wo konnte er nur stecken?

Endlich, nach weiteren dreißig Minuten, kam er. Sie hörte, wie er sich im Flur mit seiner Mutter lautstark unterhielt. Bestimmt wegen ihr.

Er kam in sein Zimmer und sagte: "Schatz, leider habe ich eine schlechte Nachricht. Ich war gerade noch einmal bei dem Vermieter. Wir bekommen die Wohnung doch nicht. Er vermietet sie an seinen Neffen. Ich habe zwar versucht, ihn zu überreden, aber leider hat es nicht geklappt. Deshalb komme ich auch so spät. Tut mir leid." Er beugte sich zu ihr herab und küsste sie.

Stefanie spürte förmlich, wie ihr ein Stein vom Herzen fiel. Sie wusste nicht, was sie darauf sagen sollte. Sollte sie sagen: Schade, ich hätte mich auf die Wohnung auch gefreut. Oder sollte sie sagen: Ich hätte sowieso nicht mit dir einziehen können?

Sie sagte dann: "Schade, dass du die Wohnung nicht bekommst."

Worauf er sagte: "Sie sollte doch für uns beide sein. Aber ich werde weitersuchen. Ich finde schon noch eine. Darauf kannst du dich verlassen."

Stefanie erzählte Marco, dass ihr in letzter Zeit häufig schlecht war. Sie sagte ihm auch, dass sie heute aus dem Bus aussteigen musste.

"Nimm das nicht so schwer. Anderen Frauen geht es viel schlimmer während der Schwangerschaft."

"Du Marco, ich muss dir noch was erzählen. Ich muss mit meinen Eltern zum Jugendamt." Sie erzählte, was ihre Mutter ihr gesagt hatte.

Zu ihrem Erstaunen war er weder sauer noch wütend darüber.

Im Gegenteil. Er sagte: "Wenn wir schon nicht heiraten dürfen, dann wird wenigstens dort amtlich gemacht, dass es mein Kind ist."

Er wollte sogar mit zum Jugendamt. Doch Stefanie sagte ihm, dass sie lieber alleine mit ihren Eltern hingehen würde. Sie erzählte ihm auch, dass dort eine Frau sei, eine Jugendberaterin, die mit ihr reden wolle.

"Die will dich bestimmt doch nur davon überzeugen, dass wir nicht zusammenpassen. Ich glaube, ich gehe doch mit."

"Marco, es reicht doch, wenn du mit mir nach der Geburt dort hingehst. Und eigentlich solltest du doch wissen, dass ich mir von niemandem meine Liebe zu dir ausreden lasse."

Das überzeugte ihn.

Plötzlich sagte Marco: "Morgen habe ich auch Urlaub."

"Warum? Warum hast du so viel freie Tage? Du hast doch im August drei Wochen Urlaub."

"Genau. Da fällt mir was ein. Wann fangen denn die Sommerferien an?"

"Ende Juli, also in drei Wochen. Warum?"

"Nur so. Gehst du nach den Ferien weiter in die Schule?"

"Natürlich. Dann bin ich doch erst Ende vierten Monats. Anfang fünften. Ich kann doch bis zum achten Monat zur Schule. Warum fragst du?"

"Weil ich eigentlich nicht will, dass du weiter zur Schule gehst. Du brauchst die Schule nicht. Du bist bald Mutter, warum sollst du dann zur Schule? Und übrigens, soll die Mutter meines Sohnes etwa die Schulbank drücken?"

"Ich kann doch nicht einfach die Schule verlassen. Das geht nicht. Ich muss weiter gehen. Ich weiß noch gar nicht, ob ich nach der Geburt weiter hin muss. Meine Eltern wollten sich darüber noch informieren."

"Wie wäre es, wenn du heute abend hier bleibst?" fragte er plötzlich.

"Wieso soll ich hier bleiben? Meinst du, über Nacht?"

"Stell dich doch nicht doof. Natürlich über Nacht. Deine Eltern wissen doch jetzt, dass wir es schon gemacht haben. Also kannst du auch hier schlafen. Und übrigens hätte ich heute mal wieder Lust."

"Das geht nicht. Ich habe meiner Mutter versprochen, heute pünktlich zu sein. Das kommt mir zu plötzlich, Marco. Vielleicht ein andermal."

"Du willst nur nicht, weil du Angst vor deinen Eltern hast. Ich verstehe dich nicht. Ich dachte, du gehörst jetzt zu mir. Auch wenn wir nicht heiraten. Stefanie, sieh das doch ein. Sonst war alles umsonst."

"Alles umsonst? Was denn? Das Baby?" fragte Stefanie.

"Na gut, wenn du schon nicht hier schläfst, dann gib mir eben so, was ich brauche. Komm, zieh dich aus", verlangte er.

"Nicht auf die Tour, Marco. Und übrigens ist mir nicht besonders gut."

Er überhörte das und versucht, ihr das T-Shirt auszuziehen.

Sie weigerte sich jedoch, was Marco auf die Palme brachte.

"Dann hau doch ab. Geh zu deiner Mami, sonst bist du nicht pünktlich", schrie er sie an.

"Schrei mich nicht so an", schrie sie zurück. Es war das erste Mal, dass sie ihn anschrie.

Er holte aus und ehe Stefanie wusste, was los war, hatte sie sich eine kräftige Ohrfeige von ihm eingefangen. Sie war so erstaunt darüber, dass sie nicht wusste, ob sie nun heulen sollte oder nicht. Sie starrte ihn nur mit großen Augen an. Warum hatte er das getan?

"Glotz nicht so blöd und hau endlich ab. Ich will dich nicht mehr sehen. Ich hab genug Ärger mit dir gehabt", sagte er, stand auf und zog sich sein Hemd wieder zurecht.

"Meinst du das im Ernst?" Stefanie konnte es nicht glauben.

Er antwortete nicht und ging aus seinem Zimmer. Sie hörte, wie er sich in der Küche mit seiner Mutter unterhielt.

Sollte sie nun gehen oder nicht? Vielleicht sollte sie ihm sagen, dass sie ja ihre Eltern fragen konnte, ob sie mal hier bei ihm schlafen durfte.

Doch dann fiel ihr die Ohrfeige wieder ein. Sie rieb ihre Wange mit der Hand. Nein, das hätte er nicht tun dürfen. Es fiel ihr zwar sehr schwer, aber sie entschloss sich, zu gehen. Leise schlich sie hinaus. Draußen fing sie an, so schnell zu laufen wie sie konnte. Bloß weg hier.

Als sie meinte, weit genug von dem Haus entfernt zu sein, wurde sie langsamer. Sie hatte Seitenstiche. Sie bemerkte erst jetzt, dass ihr Tränen über die Wangen liefen. Warum verstand er einfach nicht, dass sie nicht tun und lassen konnte, was sie wollte. Sie war ja schließlich noch keine sechsundzwanzig, so wie er. Sie konnte doch nicht einfach so bei ihm übernachten.

Sie ging an den Schienen vorbei und schaute instinktiv hinter sich. Etwa fünfzig Meter hinter sich sah sie einen jungen Mann. Sie wusste nicht warum, aber sie beschleunigte ihren Schritt.

Plötzlich, ihr blieb fast das Herz stehen, war der Mann hinter ihr. Er hatte ihr blitzschnell einen Arm von hinten um ihren Hals gelegt. In der Hand hatte er ein großes Messer.

„Komm mit oder ich stech dich ab" flüsterte er ihr ins Ohr und zog sie neben den Weg in das Weizenfeld. Immer noch das Messer am Hals, hörte sie ihn sagen: „Los, leg dich hin. Zieh deine Hose aus. Ganz ruhig, keinen Ton, sonst stech ich dich ab, du Schlampe. Los schneller, du blöde Kuh."

Stefanie schluckte. Was sollte sie machen? Sie zitterte, schlotterte vor Angst.

Lieber Gott, lass mich in Ohnmacht fallen, war das einzige, was sie jetzt denken konnte.

Sie legte sich auf den Boden. Er fuchtelte mit dem Messer vor ihrem Gesicht.

Lieber Gott, hilf mir, dachte sie. Wenn es einen Gott gab, warum half er ihr nicht?

Sie spürte ihren Herzschlag bis zum Hals. Ihr Mund war trocken. Solch eine Angst hatte sie in ihrem Leben noch nicht gespürt. Der Kerl würde sie tatsächlich umbringen. Sie hatte keine Wahl.

Stefanies Gedanken überschlugen sich. Warum war bloß keiner da, der ihr half? Würde dieser Kerl sie umbringen oder bluffte er? Sollte sie schreien oder würde er dann zustechen?

„Mach deine Hose auf, sonst ist was los", drohte er. Sein Gesicht war nahe über ihrem. Sie konnte seinen Atem spüren.

Wie im Traum, ob sie das alles gar nicht wirklich erleben würde, zog sich Stefanie die Hose runter. Er vergewaltigte sie. Er war sehr grob. Er tat ihr sehr weh, aber sie gab keinen Mucks von sich. Es ging sehr schnell. Er ließ das Messer nicht eine Sekunde aus der Hand. Sie lag regungslos am Boden, den Kopf zur Seite gedreht, damit sie ihn nicht ansehen musste. Aber ihr Blick fiel direkt auf die blitzende Messerklinge.

Er schnaufte, als wäre er hundert Meter schnell gelaufen. Er stützte sich ab, stand langsam auf, nestelte umständlich an seiner Hose und sagte dann: "Kein Wort zur Polizei oder zu sonst wem. Ich bring dich um, das kannst du mir glauben." Er hatte ihr die Worte ins Gesicht geschleudert, sie mit seinen bösen Augen fixiert. Stefanie erwartete jeden Augenblick einen Stich mit dem Messer. Er war dazu fähig, sie traute es ihm zu.

Stefanie sah ihn kaum durch ihre Tränen. „Ich sage nichts. Bitte, bitte lass mich gehen."

Er fuchtelte mit dem Messer vor ihrem Gesicht. „O.K. Aber du bleibst noch ein paar Minuten hier. Ich geh schon mal. Und denk dran, kein Wort", sagte er und hielt die Messerspitze an Stefanies Nase.

„Kein Wort. Ich schwöre", stotterte sie mit letzter Kraft.

Schon war er weg. Stefanie wischte sich die Tränen vom Gesicht. Was sollte sie jetzt machen? Sie stand auf, guckte an sich herunter. Sie riss ein paar Grasbüschel ab und wischte sich damit das Sperma ab, das ihr an den Beinen herunterlief. Es fühlte sich auf ihrer Haut wie Gift an. Sie rieb so feste mit dem Gras, bis es wehtat. „Das Zeug muß weg", sagte sie zu sich selbst.

Sie zog die Hose hoch, schaute nach links und rechts. Nichts, er war verschwunden. Sie fing an zu rennen.

So schnell sie konnte. Sie lief, bis ihr fast die Luft wegblieb.

Sie lief zu Marco. Dort angekommen, schellte sie wie eine Verrückte. Er öffnete, sah sie verständnislos an. Wieso war sie wieder zurückgekommen, obwohl er ihr eine Ohrfeige gegeben hatte?

„Was ist?" fragte er unfreundlich.

Jetzt konnte Stefanie sich nicht mehr beherrschen. Sie heulte. Sie schluchzte, fiel auf die Knie. Ihr ganzer Körper zuckte.

„Steffi, um Gottes willen. Was ist passiert?" endlich merkte er, dass sie nicht ohne Grund zurückgekommen war. Und überhaupt. Wie sie aussah. Das Haar völlig zerzaust. Die Klamotten unordentlich. Ihre Hose war voll mit Grasflecken.

„Steffi, beruhige dich. Sag mir, was passiert ist", er ahnte Böses.

„Ich, ... ich kann nichts dafür. Ich ... wollte es nicht. Bitte, glaube mir, ich wollte es nicht", sagte sie.

„Was wolltest du nicht"?

Er hatte gesagt, er würde sie abstechen. Nein, sie würde ihm keinen Grund geben, sie tatsächlich abzustechen. Sie würde es nicht sagen.

„Steffi, w a s ist passiert? Stefanie, bitte, ich will dir helfen. Sag es mir. Bist du überfallen worden?"

Überfallen, ja, sie konnte doch sagen, sie sei überfallen worden. Nicht vergewaltigt.

„Steffi, hör endlich auf mit der Heulerei und sag was", schrie Marco sie an.

„Ich ging, und plötzlich war er da. Ich habe ihn nicht kommen hören. Wirklich", schluchzte sie.

„Los, komm. Wir gehen zur Polizei. Vielleicht kriegen wir den Dreckskerl. Los", er zog sie am Arm hoch.

„Marco, bitte nicht zur Polizei. Ich habe es ihm versprochen. Er ... will mich umbringen, wenn ich zur Polizei gehe."

„Ich bring den Kerl um. Was hat er dir getan? Hat er etwa ... ?"

Stefanie senkte die Augenlieder. Sie traute sich nicht, Marco anzusehen.

„Also hat er. Das Schwein", sagte Marco und zog Stefanie hinter sich her.

Sie wusste später nicht mehr, wie sie zur Polizei gekommen war. Sie wusste nur noch, dass sie dort einen regelrechten Weinkrampf bekommen hatte. Der Polizist war ungeduldig. Er hatte sie mehrmals aufgefordert, mit dem Heulen aufzuhören und hatte dann zu Marco gesagt: „Ich glaube, aus der kriegen wir nichts raus. Am besten, wir fahren sie zum Hauptpräsidium. Dort haben wir Fachleute für so Fälle."

„Sie ist schwanger", sagte Marco.

„Nach dem Verhör kommt sie ins Krankenhaus. Wir werden das veranlassen", antwortete der ungeduldige Polizist, der sich über nichts wunderte.

Stefanie wurde in ein Polizeiauto gesetzt. Marco saß neben ihr. Sie war wie betäubt. Was würden ihre Eltern sagen? War dem Baby was passiert? Würde der Kerl ihr noch mal etwas tun?

Als sie im Hauptpräsidium ankam, hatte sie sich mittlerweise etwas beruhigt. Der Weinkrampf war vorüber. Man legte ihr Bilder vor. Und tatsächlich! Das konnte doch nicht wahr sein! Sie erkannte ihn.

„Der", sagte sie und tippte mit dem Finger auf sein Bild.

Von da an ging alles schnell. Er war wegen versuchter Vergewaltigung bekannt. Deshalb hatte die Polizei auch sein Bild. Innerhalb einer Stunde hatte man ihn gefasst. Zu ihrer Überraschung gab er alles zu. Er wurde ihr gegenübergestellt.

„Ja, das ist er", sagte sie ängstlich. Hatte er sein Messer dabei?

Er war Jugoslawe, erst achtzehn Jahre alt und schon mehrmals wegen versuchter Vergewaltigung angezeigt worden. Das alles erfuhr sie später.

Nach der Gegenüberstellung wurde sie ins Krankenhaus gebracht. Dort wurde sie untersucht. Eine freundliche Ärztin sagte zu ihrer Erleichterung: „Dem Baby ist nichts passiert. Aber trotzdem. Ich bestehe darauf, dass du mindestens ein bis zwei Stunden liegen bleibst. Damit du dich vom Schock erholst. Ich informiere deine Eltern."

Ein bis zwei Stunden, damit sie sich von dem Schock erholen konnte.

Stefanie glaubte nicht daran, dass sie sich in ein bis zwei Jahren von dem Schock erholte. Oder in ein bis zwei Jahrzehnten. Und diese Frau sprach von ein bis zwei Stunden. Wusste die Ärztin überhaupt, wie sie sich jetzt fühlte? Bestimmt nicht, wenn sie von ein bis zwei Stunden sprach.

Sie wurde in ein Einzelzimmer gebracht. Marco war nicht mehr da. Sie wusste nicht, wo er war. Sie wusste nichts mehr. Sie musste wieder an die schreckliche Angst denken, die sie vor ein paar Stunden durchlebt hatte. Warum sie? Warum war ihr das passiert?

Nach einiger Zeit, Stefanie hatte kein Zeitgefühl mehr, kam ihre Mutter.

„Kind, komm, ich bring dich nach Hause", sagte ihre Mutter nur.

Kein Wort über die Vergewaltigung. Stefanie verstand das nicht. Warum sagte ihre Mutter nichts?

Stefanie fragte sich später, auch noch nach Jahren, wie ihre Eltern es geschafft hatten, die Vergewaltigung totzuschweigen.

Stefanie hatte auch nicht selbst davon angefangen. Sie schämte sich. Schämte sich mehr, als sie es schon wegen der Schwangerschaft tat.

Gut - würde sie also auch nichts sagen.

Ihre Geschwister wussten es auch nicht. Wusste ihr Vater etwas? Oder wusste überhaupt jemand etwas?

Stefanie kam es so vor, als hätte sie sich alles nur eingebildet. Vielleicht war es ja nur ein schlechter Traum gewesen.

Wie würde sich Marco verhalten? Auch nichts sagen?

Die nächsten zwei Tage ging Stefanie nicht zur Schule. Sie hatte mit dem Gedanken gespielt, Jenny anzurufen und ihr alles zu erzählen. Aber dann hatte sie den Gedanken wieder verworfen. Nein, sie würde einfach so tun, als ob nichts geschehen wöre. Wie ihre Eltern.

Es war nicht passiert. Es war einfach nicht passiert. Sie musste es sich einfach oft genug vorsagen. Vielleicht würde sie es dann selbst auch glauben. Und vergessen.

Sie saß in der Küche und dachte nach. Plötzlich kam ihre Schwester: "Hallo Stefanie. Wir haben vorhin beschlossen, Samstag in den Zirkus zu gehen. Gehst du mit?"

"Weiß nicht", sagte sie nur.

"Mama", rief Melissa laut, „Steffi weiß noch nicht, ob sie mitgeht."

„Melissa, lass Stefanie in Ruhe", sagte ihre Mutter nur.

Beim Abendessen kam wieder das Thema Zirkus auf. Warum sollte sie eigentlich nicht mitgehen? Es würde bestimmt Spaß machen. Schließlich ging ihre ganze Familie hin. Ob sie ihre Mutter fragen sollte, ob Marco auch mitdurfte? Aber vielleicht wollte er ja gar nicht mit. Also wäre es besser, erst ihn zu fragen. Aber trotzdem, wäre ihre Familie damit einverstanden, wenn er mitginge?

Am nächsten Tag ging Stefanie wieder zur Schule. Nach Schulschluss stand Marco vor der Schule, um Stefanie abzuholen.

Er machte ein betretenes Gesicht. Seit der Sache mit dem „Überfall" hatte sie ihn nicht mehr gesehen.

„Steffi, es tut mir leid. Ich meine, es tut mir leid, dass ich dir eine geknallt habe. Und dann die Sache mit

dem Kerl. Ich musste die ganze Sache erst überden-
ken. Es hat mich hart getroffen", sagte er und machte
ein ganz zerknirschtes Gesicht.

Wieviel härter hatte es ihn getroffen, als es sie getroffen hatte?

Sie schaute ihn an. Sie konnte nicht anders. Stefanie
schmolz dahin. Er liebte sie! Wie konnte sie ihm da
böse sein?

Stefanie hatte ein rechteckiges Stück Holz in den
Händen. "Hier, halt das mal bitte. Das habe ich heute
in Kunst gemacht. Dafür habe ich Eins bekommen",
sagte sie nicht ohne Stolz. Das war typisch Stefanie.
Einfach ein anderes Thema. Warum auch über Dinge
reden, die einem schwerfielen?

Auf dem Brett waren Nägel in bestimmter Reihenfol-
ge eingeschlagen. Um die Nägel hatte sie Wollfäden
gespannt, und zwar so, dass es ein schönes Muster er-
gab.

"Was ist das für ein Ding?"

"Habe ich doch gerade gesagt. Habe ich in Kunst gemacht. Sieht schön aus, nicht wahr? Ich werde es in
meinem Zimmer aufhängen."

Er betrachtete es eingehend.

"Marco, lass uns bitte zu Fuß gehen. Wenn der Bus so
voll ist, wird mir wieder schlecht."

"Na gut, aber dieses Ding brauchen wir ja wohl nicht
mitschleppen", sagte er und warf es, bevor Stefanie
ihn daran hindern konnte, über eine Hecke.

"Warum hast du das gemacht?" rief sie entsetzt. Stefanie wollte über die Hecke klettern, um sich ihr Holzgemälde wieder zu holen. Marco hielt sie zurück.

„Steffi, du bist doch nicht im Kindergarten. Was soll das? Stolz auf ein Stück Holz! Habe ich ja noch nie gehört. Komm jetzt bitte." Er zog sie am Arm. "Komm schon, lass es liegen", sagte er und zog sie mit sich.

Stefanie ließ sich mitziehen. Schweigsam ging sie neben ihm her. Vorhin war er noch so lieb gewesen, hatte sich entschuldigt. Warum hatte er ihre Kunst-Arbeit fortgeworfen?

"Ich finde es trotzdem nicht gut, dass du es einfach weggeworfen hast, ohne mich zu fragen. Schließlich habe ich es selber gemacht und ich fand es gelungen. Nur weil es dir nicht gefallen hat, brauchst du es doch nicht wegzuwerfen."

„Steffi, ich bitte dich, mach doch wegen dem Ding jetzt bitte keinen Ärger. Vergiss es. Willst du wieder Streit?"

"Wieso wieder? Ich wollte noch nie Streit."

"Wer wollte denn vorgestern Streit? Doch du, oder? Aber du brauchst dir nicht einzubilden, dass ich mir so was jeden Tag gefallen lasse."

Stefanie war zwar nicht der Meinung, dass sie vorgestern den Streit begonnen hatte, meinte aber, es wäre besser, jetzt nichts dazu zu sagen. Das würde nur wieder Ärger geben.

Ihr fiel der Zirkus ein. Eigentlich wollte sie ihn ja fragen, ob er mitwollte. Aber womöglich sah er den Zirkus auch als Kinderkram an. Deshalb verzichtete sie lieber darauf, ihn danach zu fragen.

Als sie fast zu Hause angekommen waren, sagte er ihr, dass er heute nachmittag keine Zeit für sie habe. Aber er wollte wissen, ob sie heute abend kommen könnte.

"Ich kann doch abends nicht mehr von zu Hause weg. Auch nicht zu dir. Das würden meine Eltern nicht erlauben."

"Das weiß ich auch. Aber du könntest doch heimlich kommen. Wenn alle schlafen. Oder?"

"Ich ruf dich heute abend an. O.K.?"

"O.K. Bis dann, Tschau", er küsste sie und ging dann in eine andere Richtung.

Nach dem Essen dachte Stefanie daran, dass sie eigentlich schon lange nicht mehr bei Jenny war. Sie könnten ins Hallenbad schwimmen gehen. Da man ihr die Schwangerschaft noch nicht ansah, konnte sie ja getrost ihren Bikini noch anziehen. Nur ihr Busen, der war etwas größer geworden. Aber das fiel kaum auf.

Jenny freute sich, dass Stefanie zu ihr kommen wollte.

"Zum Schwimmen habe ich keine Lust. Aber du kannst doch kommen und wir machen uns einen schönen Nachmittag. Ich freu mich schon", sagte Jenny am Telefon.

Der Nachmittag wurde wirklich schön. Sie redeten über alles Mögliche, was ihnen einfiel.

Nur als Jenny wissen wollte, wo Stefanie die letzten zwei Tage war, wurde Stefanie etwas unfreundlich. „Krank, was sonst. Reden wir nicht darüber." Stefanie konnte und wollte jetzt nicht über die Vergewaltigung reden. Auch nicht mit Jenny.

Marco ließen sie aus. Weder Stefanie noch Jenny sagten auch nur ein Wort über ihn. Sie hörten Musik, lästerten über Mitschülerinnen, rauchten heimlich.

Gegen neunzehn Uhr wollte Stefanie wieder gehen. Zum Abschied sagte Jenny: „War doch gut, oder. Genau wie früher."

"Was heißt wie früher?" fragte Stefanie, biss sich aber sofort auf die Lippen. Sie wusste genau, was Jenny meinte. Es war so gewesen, wie es war, bevor sie Marco kennenlernte.

Kaum war Stefanie wieder zu Hause, schellte das Telefon. Es war Marco. Er wollte jetzt wissen, ob sie bei ihm übernachtete.

"Marco, bitte, ich kann jetzt nicht reden", sagte sie leise. Sie hatte Angst, ihre Mutter könnte etwas hören.

"Gut, aber was ich sage, dass hört ja keiner. Also hör zu: Um Mitternacht, da werden deine Eltern ja wohl schlafen. Die Kneipe ist doch jetzt zu, da werden deine Eltern sicher früher schlafen gehen.

Dann schleichst du dich raus. An der Ecke, du weißt schon, wo der Bäckerladen ist, da warte ich auf dich. Ich bring dich auch morgen früh wieder nach Hause. Also Punkt Mitternacht." Er legte auf.

"Marco?" Er konnte doch nicht einfach auflegen, bevor sie eine Antwort gegeben hatte. Die hatte er sich wohl selber gegeben.

Stefanie legte nachdenklich den Hörer auf. Warum eigentlich nicht? Es würde schon niemand merken. Und

Marco machte sie damit eine Freude. Dann würde er ihr endlich glauben, dass sie ihn liebte.

Stefanie blieb an diesem Abend ungewöhnlich lange auf. Gegen halb elf ging sie erst in ihr Zimmer. Sie stellte sich ihren Wecker auf kurz vor zwölf. Sie legte sich angezogen ins Bett. Nach einer halben Stunde hörte sie, wie ihre Eltern in ihr Schlafzimmer gingen. Manchmal las ihre Mutter abends noch. Stefanie hoffte, dass sie es heute abend nicht tat.

Langsam wurde Stefanie nervös. Sie hob ihre Matratze an und griff in ein Loch, das auf der Unterseite der Matratze war. Sie holte ein Päckchen Zigaretten hervor. Ihr fiel auf, dass in der Schachtel nur noch sechs Zigaretten waren. Als sie die Schachtel dort versteckt hatte, waren aber noch acht darin gewesen. Kevin! Hatte er wieder ihr Versteck gefunden!

Immer wenn sie meinte, sie hätte ein bombensicheres Versteck gefunden, dauerte es nicht lange und er hatte es auch gefunden. Es paßte ihr gar nicht, dass er immer ihr Zimmer durchsuchte. Sie hatte ihren Bruder bis jetzt noch nie darauf angesprochen, aber langsam wurde es Zeit. Sollte er sich seine Zigaretten doch gefälligst selbst besorgen.

Sie rauchte schnell und hastig.

Sie hätte den Wecker nicht stellen brauchen, geschlafen hatte sie nicht.

Zehn Minuten vor zwölf machte sie leise ihre Zimmertür auf, schaute auf den Flur, ob auch niemand zu sehen war und schlich die Treppen hinunter. Stefanie konnte bis zum Hals ihr Herz klopfen hören. Langsam machte sie die Haustüre auf. Mist, sie quietschte. Das war ihr vorher noch nie aufgefallen. Sie steckte den Schlüssel von außen ins Schloss, machte eine halbe Umdrehung, damit das Einrasten der Tür nicht zu hören war. Sie zog den Schlüssel leise wieder heraus und ging auf Zehenspitzen zur Straße.

Marco stand beim Bäcker, wie er gesagt hatte.

Bei Marco zu Hause mussten sie sich auch leise und unauffällig bewegen. Er wollte nicht, dass seine Eltern etwas bemerkten. Auch von dem „Überfall" wussten seine Eltern natürlich nichts. Er hatte ihr sofort zu verstehen, dass über diese Schande nicht gesprochen werden durfte. Sie schlichen leise in sein Zimmer. Im Bett fing er sofort an, sie zu streicheln und ließ sie spüren, weshalb er wollte, dass sie bei ihm übernachtete. Er sagte leise: „Schatz, so ist es doch viel besser als unter Zeitdruck."

„Bitte, Marco, ich kann nicht", sagte sie leise. Ihr Körper wurde ganz steif. „Bitte, lass mir noch etwas Zeit."

„**Ich** bin nicht der Dreckskerl. Stefanie, ich bin dein Freund, der Vater deines Kindes. Du kannst mich doch nicht mit einem Vergewaltiger vergleichen", sagte er und streichelte weiter ihre Brust.

„Nein, ich kann nicht." Warum glaubte er ihr nicht?

„Jetzt reicht es aber. Ich will mit dir schlafen. Stell dich nicht so an. Ich habe genug Verständnis gezeigt. Oder habe ich dich etwa nicht in Ruhe gelassen? Habe ich dich etwa ausgefragt, was er alles gemacht hat? Wie er es gemacht hat? Ich bin nicht er. Das musst du kapieren. Eigentlich", er zog sich aus, „eigentlich kannst du froh sein, dass ich überhaupt will. Schließlich ist es für mich auch ein seltsames Gefühl. Dieses Wissen, dass ein anderer mit dir geschlafen hat", sagte er.

„Geschlafen? So würde ich es nicht nennen."

„Steffi, willst du Ärger? Warum bist du überhaupt gekommen? Ich dachte, du liebst mich."

Ja, sie liebte ihn. Vielleicht, dachte sie, vielleicht stellte sie sich wirklich etwas dumm an. Er konnte schließlich nichts dafür, dass ihr das passiert war.

Sie ließ ihn machen. Es kostete sie Überwindung, aber es war schnell vorüber. Vielleicht würde sie es ja bald vergessen haben und sie würde wieder Spaß daran haben, mit Marco zu schlafen.

Um halb sechs wurde Stefanie wach. Sie weckte Marco.

"Es ist schon spät. Hast du keinen Wecker gestellt? Ich muss nach Hause, bevor die anderen wach sind. Komm, steh auf."

Hastig stand sie auf und zog sich an. Er drehte sich noch einmal um und schlief tatsächlich wieder ein.

"Marco, wach werden." Stefanie rüttelte ihn. "Ich muss nach Hause. Heute ist zwar Samstag, aber man weiß ja nie. Gerade heute stehen meine Eltern bestimmt früh auf. Komm, steh endlich auf."

Endlich stand er auch auf. Leise gingen sie durch den Flur, um auch hier niemanden zu wecken.

Unterwegs erzählte Stefanie vom Zirkus. Sie hatte ihn eigentlich nicht fragen wollen. Aber vielleicht wollte er ja doch mit.

"In den Zirkus? Da gehört deine Familie auch hin," sagte er bissig.

"Also willst du nicht mit?"

"Ich wollte dir sowieso noch sagen, dass ich heute und morgen keine Zeit für dich habe. Ich habe geschäftlich zu tun."

"Geschäftlich? Was soll das denn heißen?"

"Nichts für kleine Mädchen."

"Marco, bitte. Ich will jetzt wissen, was du geschäftlich zu tun hast."

Mittlerweile waren sie bei Stefanie zu Hause angekommen. Er gab ihr einen Kuss, sagte, dass er Montag anrufen würde und ging. Eine Antwort auf ihre Frage bekam sie nicht. Manchmal war er wirklich seltsam.

Stefanie öffnete so leise es ging die Haustüre. Sie schloss die Tür hinter sich und bleib stehen. Sie horchte. Nichts zu hören. Alle schliefen noch. Auf Zehenspitzen ging sie die Treppen hoch in ihr Zimmer.

Schnell zog sie sich aus und legte sich ins Bett. Das war gutgegangen. Es hatte niemand etwas bemerkt. Aber sie schwor sich, dass sie das nicht oft wiederholen wollte. Diese Angst, erwischt zu werden, war schlimm.

Sie wurde erst durch Melissa wach, die vor ihrem Bett stand und sie rüttelte.

"Los, aufstehen du Schlafmütze. Schon gleich elf Uhr. Sonst schläfst du auch nicht so lange. Wir haben schon gefrühstückt. Komm runter, wir reden gerade über den Zirkus und wissen noch nicht genau, ob wir nachmittags oder erst abends hin wollen."

"Lass mich in Ruhe, Melissa."

Stefanie reckte sich. So spät war es schon! Dann musste sie ja wohl oder übel aufstehen.

Am Frühstückstisch saß ihr Vater und las die Tageszeitung. "Es soll heute schön warm werden. Ich glaube, wir gehen erst heute abend zum Zirkus. Stefanie, dann kannst du dich heute nachmittag ja mit deinem Marco treffen."

"Ich sehe Marco erst am Montag wieder."

"Das versteh ich nicht", sagte ihre Mutter. "Erst trefft ihr euch heimlich und jetzt, wo es nicht mehr heimlich sein muß, trefft ihr euch gar nicht. Oder habt ihr Krach? Doch nicht etwa wegen ...", ihre Mutter biss sich auf die Lippe. Das hatte sie nicht sagen wollen.

"Wir haben keinen Streit, aber er hat geschäftlich zu tun. Wir brauchen uns ja schließlich nicht jeden Tag zu sehen, oder?"

Sie würde ihn zwar gerne jeden Tag sehen, aber das konnte sie ihren Eltern schlecht sagen.

Stefanies Vater las weiter Zeitung. Aber konzentrieren konnte er sich nicht. Die ganze Sache kam ihm unglaubhaft vor. Geschäftlich zu tun. Was sollte das jetzt wieder bedeuten? Marco arbeitete in einem Metallwerk. Was hatte man als einfacher Arbeiter geschäftlich zu tun?

"Mama, darf Jenny mit zum Zirkus? Und dann könnte sie ja hier schlafen", fragte Stefanie.

"Ja, warum nicht. Ruf sie an und frag nach." Ihre Mutter war damit einverstanden. Sie hatte lieber Jenny hier als womöglich diesen Marco. Und sie hoffte natürlich, dass Stefanie auf andere Gedanken kam.

Jenny sagte sofort zu, als Stefanie fragte. Endlich wollte ihre Freundin mal wieder etwas mit ihr zusammen unternehmen.

Nach dem Zirkusbesuch, der allen gefallen hatte und den niemand als „Kinderkram" angesehen hatte, unterhielten sich Stefanie und Jenny noch lange. Stefanie lag im Bett, Jenny auf einer Luftmatratze direkt vor Stefanies Bett.

"Du Stefanie, darf ich mal den Kopf auf deinen Bauch legen? Vielleicht höre ich ja etwas."

"Was willst du hören? Meinst du, es kann schon sprechen und sagt: Hallo Jenny."

"Nein, im Ernst. Vielleicht hört man ja schon das Herz klopfen", sagte Jenny.

"Das einzige, was du hören kannst, ist mein Magen. Der knurrt nämlich, weil ich Hunger habe."

Beide lachten. Stefanie liefen schon die Tränen herunter. "Jenny, ich kann nicht mehr. Hör auf." Sie bekam kaum noch Luft.

„Steffi, ich habe noch eine Frage", sagte Jenny.

"Was?"

"Wie ist das, wenn man mit einem Mann schläft?"

"Warum willst du das wissen. Hast du jemanden kennengelernt?"

„Nein, aber irgendwann lerne ich einen kennen. Und dann muss ich schließlich wissen, wie ich es machen soll."

"Jenny, dafür gibt es doch keine Anleitung. Du wirst dann schon wissen, wie du dich zu verhalten hast."

Stefanie verspürte keine Lust, ihrer Freundin haargenau zu erzählen, wie es mit ihr Marco das erste Mal gewesen war.

"Komm, sag doch endlich. Tut es weh? Oder ist es schön?"

"Keines von beiden. Jetzt lass mich damit in Ruhe."

"Na gut. Aber ich hätte dir bestimmt alles erzählt."

"Hättest du auch nicht. Jetzt hör bitte auf damit."

"Dann sag mir wenigstens, ob du das Baby schon spürst."

"Ich merke nichts. Und ich sehe nichts. Mir ist nur so oft schlecht. Eigentlich hätte ich auch gedacht, dass mein Bauch jetzt schon dicker wird. Aber vielleicht wird es ja ein Däumling."

"Hat der Arzt gesagt, ab wann man es sieht?"

"Nein, ich habe auch nicht gefragt, ich werd es schon merken."

Jenny hörte langsam auf, Fragen zu stellen. Sie hatte schließlich bemerkt, dass Stefanie nicht über das Baby oder Marco reden wollte.

Jenny fing an, über die Schule zu reden. Darüber war Stefanie ganz froh. Sie hatte sich zuerst vorgenommen, Jenny zu erzählen, dass sie heimlich bei Marco übernachtet hatte. Aber Jenny wäre bestimmt total entsetzt gewesen. Und je weniger Mitwisser es gab, desto besser.

Der Rest vom Wochenende ging schnell vorüber. Montags in der Schule freute sich Stefanie schon auf den Nachmittag. Endlich würde sie ihn wiedersehen.

Doch Marco meldete sich nicht. Gegen Abend hielt Stefanie es nicht mehr aus, sie musste ihn anrufen.

"Hallo Marco, wie geht's?" fragte sie.

"Ich habe schon den ganzen Nachmittag auf einen Anruf gewartet. Warum rufst du erst jetzt an?" fragte er sie.

"Wann soll ich denn anrufen? Du bist doch erst um fünf zu Hause."

"Nein, ich war den ganzen Tag zu Hause. Ich wollte es dir schon letzte Woche sagen. Ich bin arbeitslos."

"Warum?"

"Müssen wir das am Telefon besprechen?" fragte er ungehalten, "darüber können wir heute abend sprechen."

"Es ist jetzt Abend, Marco", erinnerte sie ihn.

"Ich dachte mir, das wir es wieder so machen könnten, wie am Freitag. Ich warte beim Bäcker auf dich. Hat doch keiner bemerkt, oder?"

"Nein, hat keiner gemerkt. Aber ich kann doch nicht jede Nacht abhauen. Irgendwann wird es bemerkt. Und dann? Meine Mutter braucht doch morgens nur mal früher aufstehen. Dann ist bestimmt der Teufel los. Und übrigens muss ich morgen früh aufstehen. Ich muss zur Schule."

Doch nicht die Schule hielt sie davon ab. Sie wollte nicht mit ihm schlafen. Wenn er sie streichelte, wenn er sie küsste, die ganze Zeit über musste sie an die

Vergewaltigung denken. Sie hätte alles darum gegeben, die Gedanken daran aus ihrem Kopf zu verjagen.

„Steffi, stell dich nicht so an. Du hast mich doch lieb, oder?"

"Natürlich habe ich das, aber was hat das damit zu tun?"

Nach ein paar Minuten hatte Marco sie jedoch überredet.

Stefanie legte den Hörer auf. Ihre Mutter war in der Küche, konnte also nichts vom Telefonat gehört haben.

"Kann ich dir helfen?" fragte Stefanie.

"Nein danke. Sag mal Stefanie", fing ihre Mutter an, "willst du mir nicht erzählen, warum du dich heute wieder nicht mit Marco triffst? Ich meine, eigentlich geht es mich nichts an. Aber ich habe so das Gefühl, als ob ihr doch Streit hättet."

"Mama, wir haben wirklich keinen Krach. Warum auch? Du kannst mir glauben." Das klang allerdings nicht überzeugend.

Stefanie ging früh zu Bett. Sie wollte schlafen. Immerhin musste sie kurz vor Mitternacht wieder aufstehen.

Sie legte sich ihren Wecker wieder unters Kissen. Kurz vor zwölf rappelte der Wecker, aber Stefanie schlief tief und fest. Sie wurde von einem anderen Geräusch wach. Irgend etwas war gegen ihr Fenster geknallt. Da, schon wieder. Stefanie rieb sich die Augen, holte ihren Wecker hervor und musste feststellen, dass es schon kurz nach zwölf war.

Sie stand auf und ging zum Fenster. Unten stand Marco und wollte gerade wieder einen kleinen Stein hochwerfen. Sie winkte, damit er wusste, sie war jetzt wach.

Eilig zog sie sich an, schlich hinunter. Die Haustüre quietschte wieder. Langsam und leise schloss sie die Türe hinter sich. Sie rannte über die Straße zu Marco.

"Hast du etwa gepennt?" wollte er wissen.

"Normalerweise schlafe ich immer um diese Zeit", versuchte sie sich zu rechtfertigen.

"Ja normalerweise. Aber du wusstest doch, dass ich komme und dich abhole."

"Ich bin ja jetzt hier. Das ist die Hauptsache, oder?"

Es war genau wie am Freitag. Aber diesmal hatte sie größere Schwierigkeiten, ihn morgens wach zu bekommen. Sie drängte Marco, sich zu beeilen. Mitten in der Woche standen ihre Eltern schließlich früher auf als am Wochenende.

Sie hatte Glück, niemand bemerkte etwas. Wieder in ihrem Zimmer, zog sie sich zwar aus, doch hinlegen wollte sie sich nicht mehr.

Wenn sie jetzt wieder einschlief, würde sie bestimmt nicht mehr so schnell wach.

Zwei Tage später machte Stefanie wieder ihre Nachtwanderung zu Marco.

Am nächsten Tag bemerkte Jenny, dass Stefanie in der Schule fast einschlief.

„Steffi, dir fallen ja bald die Augen zu. Was ist, hast du schlecht geschlafen?" Jenny machte sich Sorgen. Stefanie sah krank aus.

"Nein, ich habe ganz gut geschlafen. Aber steh du mal mitten in der Nacht auf, lauf zwei Kilometer, leg dich wieder hin für vier Stunden und steh dann wieder auf. Dann wärst du auch müde." Stefanie musste es einfach Jenny sagen.

Jenny kapierte sofort.

"Behalt das bitte für dich. Sonst werde ich sauer," warnte Stefanie.

"Habe ich jemals etwas verpetzt?" fragte Jenny beleidigt. „Nein, hast du nicht."

"Hast du keine Angst, dass deine Eltern was bemerken?" wollte Jenny wissen.

"Die merken schon nichts. Ich bin vorsichtig. Aber wenn ich immer so müde bin, das merken sie. Meine Mutter hat schon blöde gefragt."

"Dann mach es doch nur am Wochenende", schlug Jenny vor.

"Bring das mal Marco bei. Er ist arbeitslos und kann ausschlafen."

"Seit wann ist er arbeitslos?"

"Seit kurzem. Jenny, heute nachmittag muss ich mit meinen Eltern zum Jugendamt. Meine Mutter hat da einen Termin ausgemacht. Ich bin mal gespannt, was die von mir wollen", schnitt Stefanie ein anderes Thema an.

"Kannst du mir ja morgen erzählen. Möchte ich auch gerne wissen, was du da sollst."

Am Nachmittag, Stefanie hatte sich kurz hingelegt und war sofort eingeschlafen, rief ihre Mutter von unten die Treppen hoch: „Steffi, komm, wir müssen fahren.

Stefanie stand auf, ging langsam runter. Sie hatte keine Lust, zum Jugendamt zu fahren. Aber wie sie schon vermutet hatte, ihr Vater bestand darauf.

"Wo ist Papa? Ich dachte, er will mit" fragte Stefanie.

"Er sitzt schon im Auto und wartet. Wir sind spät dran. Stefanie, wirklich, ich habe dich dreimal gerufen. Warum bist du nicht sofort gekommen?" fragte ihre Mutter vorwurfsvoll.

Im Auto fiel Stefanie ein, dass sie sich heute morgen, als Marco sie wieder nach Hause brachte, nicht erneut mit ihm verabredet hatte. Wann sah sie ihn wieder? Als noch niemand wusste, dass sie mit ihm zusammen war, hatte sie ihn öfter gesehen als jetzt.

Das Jugendamt war ein großes altes Gebäude, mit langen Fluren. In diesen düsteren Fluren mit den vielen Türen war es irgendwie unheimlich, beängstigend. Ihre Eltern gingen vor und Stefanie trottete hinterher. Endlich am Büro der Jugendberaterin angekommen, musste Stefanie erfahren, dass ihre Eltern erst einmal alleine reingehen wollten. Stefanie musste draußen auf dem Flur warten. Sie war sauer. Da hätte sie schließlich auch zu Hause bleiben können.

Nach fast zwanzig Minuten wurde Stefanie hereingerufen.

Stefanie stand einer Frau von circa fünfzig Jahren gegenüber. Eigentlich sah die Frau nett aus. Aber konnte jemand, der beim Jugendamt arbeitete, nett sein?

Sie fragte nicht viel, sondern ließ Stefanie von alleine erzählen. Anfangs hatte Stefanie Hemmungen, aber allein die Art der Frau, Stefanie anzuschauen, wie sie ihr gegenübersaß, was sie sagte, das alles ließ Stefanie ihre Hemmungen überwinden.

Stefanie erzählte, wie sie Marco kennengelernt hatte, dass sie ihm mit der Zeit nähergekommen war.

Sie sagte auch, dass sie und Marco zu dem Entschluss gekommen seien, ein Kind zu bekommen, damit sie heiraten könnten.

"Meinst du nicht, du bist noch zu jung für ein Kind?" fragte die Frau.

"In meinem Alter bekommen Mädchen natürlich nicht oft Kinder. Aber vorgekommen ist es bestimmt schon", antwortete Stefanie.

Stefanie wartete. Welche Frage würde als nächstes kommen? Ihre Eltern saßen neben ihr, hatten aber nur zugehört und kein Wort gesagt.

Die Jugendberaterin fragte Stefanie nun: „Steffi, was hältst du von Abtreibung? Ich meine, was meinst du, wer es machen sollte und wer nicht."

Stefanie überlegte kurz und sagte dann: „Ich finde, dass Frauen, die von Anfang an wissen, dass ihr Kind behindert zur Welt kommt, ein Recht auf Abtreibung haben. Und solche Frauen, die schon viele Kinder haben. Auch Frauen, die in armen Ländern wohnen und wo die Kinder sowieso verhungern müssten.

Zum Beispiel in Afrika. Oder Indien. Da werden doch viel zu viele Kinder geboren.

Aber ich, ich freue mich auf eine Zukunft mit Marco. Deshalb werde ich auch nicht abtreiben lassen, falls Sie das wissen wollten."

"Du freust dich also auf eine gemeinsame Zukunft mit deinem Freund. Freust du dich auch auf eine Zukunft mit deinem Kind?" fragte die Beraterin.

Jetzt wurde Steffi langsam nervös. "Natürlich freue ich mich auf das Kind", sagte sie.

"Hast du keine Angst davor, was einmal sein wird, wenn das Kind geboren ist. Hast du keine Angst vor der Geburt?"

"Nein, habe ich nicht. Da denke ich noch nicht dran. Ich lebe jetzt. Warum soll ich an Dinge denken, die erst in einigen Monaten sein werden? Ich zerbreche mir doch auch nicht den Kopf über Dinge, die in ein paar Jahren sein werden. Ich will wissen, was heute oder morgen ist. Mehr nicht."

"Du darfst aber nicht nur an heute oder morgen denken. Du musst auch an später denken. Zum Beispiel, welche Chancen du hast, ohne einen richtigen Schulabschluss eine Ausbildungsstelle zu bekommen", argumentierte die Frau vom Jugendamt.

Das interessierte Stefanie wenig. Warum kamen ihr denn alle mit Ausbildung? Sie wollte schließlich heiraten. Ihre Mutter hatte auch keine Ausbildung. Was sollte das?

Stefanie musste sich noch eine Weile Dinge anhören, die sie nicht hören wollte. Sie schaltete auf stur und antwortete kaum noch. Sollten die sie doch endlich in

Ruhe lassen. Im übrigen hatte sie das Gefühl, dass die Frau sie zur Abtreibung überreden wollte.

Endlich kamen sie zum Schluss. Die Jugendberaterin sagte ihr, dass sie natürlich jederzeit mit Problemen zu ihr kommen könnte.

Und zu ihren Eltern sagte sie: „Ich denke, dass Sie erst nach der Geburt des Kindes wiederkommen brauchen. Ich sagte ja schon zu Stefanie, dass sie selbstverständlich auch vorher kommen kann. Aber wenn das Kind da ist, muss die Vormundschaft geregelt werden und der Vater des Kindes muss auch einmal kommen. Wegen der Vaterschaftsanerkennung. Ich habe mich über Ihren Besuch gefreut." Sie verabschiedete sich von Stefanie und ihren Eltern.

Auch hier war nicht vom „Überfall" gesprochen worden. Wusste die Frau vom Jugendamt darüber Bescheid? Stefanie war glücklich darüber, endlich aus diesem trostlosen Gebäude raus zu können.

"Mama, sie war ja schlimmer als die Polizei", sagte Stefanie.

"Na, so schlimm war sie auch nicht. Schließlich muss sie Fragen stellen. Das ist ihre Aufgabe. Aber du hast ja gehört. Wir brauchen nicht mehr kommen. Bis das Kind da ist."

Am nächsten Morgen in der Schule erzählte Stefanie ihrer Freundin vom Jugendamt.

"Wir könnten uns eigentlich mal wieder nachmittags treffen", meinte Jenny, das Jugendamt interessierte sie herzlich wenig.

"Gute Idee. Wir könnten Eis essen und in der Stadt bummeln."

Stefanie lächelte. Ja, warum eigentlich nicht. Marco hatte ja keine Zeit für sie.

Mit guter Laune kam Stefanie nach Hause. Da wartete eine Überraschung auf sie.

Ihre Mutter empfing sie: „Marco wartet im Wohnzimmer auf dich."

Sofort stürzte sie ins Wohnzimmer. "Hallo Marco." Sie legte ihre Arme um seinen Hals. Zärtlich gab sie ihm einen Kuss. "Das du hier bist. Was ist los?"

"Können wir nicht in dein Zimmer gehen?" fragte er.

"Mama", rief Stefanie in die Küche, "du hast doch nichts dagegen, dass wir in mein Zimmer gehen?"

Ihre Mutter brummte etwas Unverständliches.

Er sah ihr Zimmer zum erstenmal. Er schaute sich alles genau an.

Besonders die Bravo-Poster an ihren Wänden. Auch den Teddybär, der auf ihrem Bett saß, betrachtete er eingehend. Er schüttelte den Kopf.

"Die Poster - findest du die gut?" wollte er wissen.

"Ja, sonst hätte ich sie nicht aufgehängt." Sie setzte sich aufs Bett und zog an seinem Arm. "Komm, setz dich. Jetzt sag doch bitte, warum du gekommen bist?"

Schließlich waren sie nicht verabredet. Wollte er etwa, dass sie heute nacht wieder zu ihm kommen sollte?

"Ich bin gekommen, um dir zu sagen, dass ich für drei Wochen nach Italien muss."

Hatte sie richtig gehört? "Warum musst du? Warum drei Wochen? Marco, drei Wochen ohne dich, das halte ich nicht aus." Sie rüttelte ihn, als wollte sie ihn wecken.

"Liebst du mich?" fragte sie ihn, umfasste mit beiden Händen sein Gesicht und blickte in seine Augen.

„Steffi, natürlich liebe ich dich. Das weißt du doch." Er küsste sie.

„Dann fahr nicht. Bitte."

„Steffi, ich dachte mir", sagte er und stand dabei auf und schaute von oben auf sie herab, "ich dachte mir, ... ich meine, weil wir schon morgen fahren ..."

"Morgen schon?" Sie schaute zu ihm hoch mit traurigen Augen.

"Ja, morgen schon. Und deshalb dachte ich mir, dass du heute noch mal bei mir schläfst. Ich weiß, es ist mitten in der Woche und du bist morgens immer müde. Aber wenn du mich auch so liebst wie ich dich ..."

Da gab es nichts zu überlegen. "Natürlich komm ich", sagte sie.

"Gut, dann gehe ich jetzt wieder. Ich bin also um zwölf beim Bäcker."

Sie begleitete ihn noch bis zur Tür.

"Was ist? Ist was passiert?" fragte ihre Mutter.

"Nein, nein. Nichts passiert. Mama, ich treffe mich heute nachmittag mit Jenny. Wir wollen in die Stadt", sagte sie schnell, um ihre Mutter abzulenken.

Stefanie erzählte ihrer Mutter nicht, warum Marco gekommen war.

Aber Jenny sagte sie es. "Jenny, drei Wochen! Das halte ich nicht aus."

"Quatsch, die gehen auch vorüber. Vielleicht ist es ja mal ganz gut für euch, wenn ihr euch eine Zeit nicht seht. Komm, lass uns jetzt die Leute beobachten", schlug Jenny vor. Das machte immerhin mehr Spaß, als sich über Marco zu unterhalten, fand Jenny.

Sie aßen genüsslich ihr Eis. Sie setzten sich natürlich so hin, dass sie einen guten Blick auf die Einkaufsstraße hatten und beobachteten die Menschenmenge, die vorüberging. Einige redeten miteinander, die anderen gingen stumm nebeneinander her. Viele waren bepackt mit Einkaufstaschen.

Es liefen schräge Typen an ihnen vorbei, zum Beispiel einige mit bunten Haaren. Über die meisten lachten sie, bis die Tränen liefen.

Plötzlich sagte Jenny: „Steffi, da hinten geht Marco."
Leise fügte sie hinzu: "Mit einer Frau."

Stefanie schaute in die Richtung, die Jenny zeigte. Sie sah zwar viele Leute, aber nicht Marco.

"Du spinnst. Wo denn?"

"Da hinten. Jetzt gehen sie gleich um die Ecke. Er war es, ganz bestimmt." Jenny war aufgeregt.

Stefanie stand auf, um besser sehen zu können. Sie sah die beiden, auf die Jenny gezeigt hatte. Aber sie sah sie nur von hinten. Und jetzt bogen sie ab, in eine Nebenstraße. Eine schlanke Frau mit langen Haaren und ein großer Mann. Er hatte Jeans an und hatte dunkle Haare. Es könnte Marco sein, aber es könnte auch irgend ein anderer Mann sein.

"Ich habe ihn genau erkannt", behauptete Jenny und schob sich den Löffel voll Eis mit Sahne in den Mund.

"Den konntest du nicht genau erkennen. War viel zu weit weg. Und übrigens ist er zu Hause und packt. Schließlich fährt er morgen", sagte Stefanie und setzte sich langsam wieder hin. Sie schaute auf ihr Eis. Der Appetit war ihr vergangen. Auch über die Leute konnte sie keine Witze mehr reißen.

Jenny versuchte, sie aufzumuntern: "Guck mal der da, was der für einen Haarschnitt hat."

Das interessierte Stefanie jetzt wenig.

"Du hast Recht. Ich weiß nicht genau, ob er es war. Es kann auch einer gewesen sein, der ihm ähnlich war", sagte Jenny, nur um Stefanie wieder froh zu stimmen. Warum hatte sie bloß gesagt, dass dieser Typ Marco war?

"Komm, mach nicht so ein Gesicht. Er war es bestimmt nicht. Du hast ja selbst gesagt, er ist zu Hause und packt."

Sie blieben nur noch kurze Zeit. Die Stimmung war im Eimer.

Auch Jenny war sauer. *Er* hatte es mal wieder geschafft. *Er* war Schuld, dass die gute Laune, die sie beide bis vorhin noch hatten, nun im Eimer war.

Warum hatte sie bloß nicht den Mund gehalten, als sie ihn sah? Er war es, davon war sie überzeugt. Aber das konnte sie Stefanie nicht antun.

Der Rest des Tages verlief wie immer. Abends gemeinsam mit ihren Eltern und Geschwistern Abendbrot. Stefanie hatte keinen Appetit. Damit ihre Mutter nicht wieder Fragen stellte, zwang sie sich, eine Schnitte Brot zu essen.

Sie dachte nur daran, dass Jenny Marco gesehen hatte. Er konnte es nicht gewesen sein! Im übrigen wäre das ziemlich unlogisch. Er hatte eine schwangere Freundin, mit der er heute nacht verabredet war, da ging er doch nicht mitten am Tag mit einer Frau durch die Stadt. Jenny musste sich geirrt haben!

Stefanies Mutter fiel auf, dass Stefanie heute anders war als sonst, aber sie sagte nichts. Stefanie würde doch nicht mit ihr darüber reden.

Später am Abend, als Stefanie alleine in ihrem Zimmer war, dachte sie darüber nach, ob ihr Baby nun ein Junge oder ein Mädchen würde. Es war das erste Mal, seit sie schwanger war, dass sie diese Gedanken hatte.

Sie stellte ihren Wecker, legte ihn unter ihr Kissen und ging früh zu Bett.

Alles lief wieder so ab, wie die vorigen Male. Stefanie kam morgens wieder nach Hause, ohne dass bemerkt wurde, dass sie weg gewesen war. Sie hatte Marco nicht gefragt, ob er heute in der Stadt war. Lächerlich, was Jenny da behauptet hatte.

Die drei Wochen ohne Marco waren für Stefanie fast unerträglich. Als er endlich wieder da war, hatte er sich total verändert. Schnell fand Stefanie heraus, dass Jenny damals doch Recht gehabt hatte. Marco hatte eine andere. Es zerriss ihr fast das Herz. Sie bekam doch schließlich sein Baby. Warum hatte er eine Andere?

Sie traute sich nicht, Marco zu sagen, welche Gedanken sich in ihrem Kopf breitmachten. Sie tat einfach so, als wüsste sie von nichts. Dann, so hoffte sie, würde alles beim Alten bleiben.

Aber ihre Hoffnung wurde nicht erfüllt. Marco rief eines abends an und erklärte kurz, dass er eine andere habe.

„Warum?" fragte Stefanie weinend am Telefon.

„Steffi, bitte versteh mich. Ich kann nicht vergessen, was passiert ist."

„Was ist denn passiert?"

„Du weißt schon. Der Überfall."

Stefanie sagte dazu nichts. Sie legte einfach auf. Warum dachte er eigentlich, dass die Vergewaltigung für ihn schlimmer war als für sie?

Nur weil er wusste, dass ein anderer mit ihr ..., Stefanie schüttelte den Kopf. Bloß nicht weiter darüber nachdenken!

Jetzt würde sie bestimmt sterben. Vor Liebeskummer sterben. Aber - sie starb nicht.

Ihre Eltern sagten nicht viel dazu, als sie erfuhren, dass endgültig Schluss war. Vielleicht freuten sie sich sogar, Steffi wusste es nicht.

Die Zeit verging. Stefanie war jetzt fast im sechsten Monat schwanger. In der Schule hatte es sich natürlich herumgesprochen. Doch es geschah selten, dass sie darauf angesprochen wurde. Und wenn, dann nur von ihren Mitschülerinnen. Die anderen Klassen schien es nicht zu interessieren. Warum auch?

Steffi dachte oft an Marco. Wenn das Baby mal da war, vielleicht kam er ja zu ihr zurück. Sie würde ihm verzeihen. Zwar nicht vergessen, aber verzeihen.

Eines nachmittags stand Steffi im Schlafzimmer ihrer Eltern vor dem Spiegelschrank. Sie zog sich bis auf die Unterhose aus und betrachtete ihren Bauch im Spiegel. Irgendwie sah er aus wie eine große Birne. Seit einigen Wochen konnte sie das Baby spüren, wenn es sich bewegte. Sie hatte dann das Gefühl, als ob sie große Luftblasen im Bauch hätte, die sich bewegten. Ihr Busen war auch groß geworden, was ihr allerdings nicht gefiel. Sie fand ihn nicht mehr schön. Überhaupt fand sie sich recht dick und hässlich.

Jetzt! Es hatte sich wieder bewegt. Stefanie spürte es genau. Sie legte ihre Hand auf den Bauch. Da, wieder. Sie schaute in den Spiegel. Nein, von außen konnte man nicht sehen, dass es sich bewegte.

Stefanie hörte Schritte auf dem Flur. Schnell zog sie sich an. Es war ihre Mutter, die ins Schlafzimmer kam. "Was machst du hier?"

"Äh ..." Stefanie wusste keine Antwort. Sie schaute verlegen zu Boden.

"Weißt du, Stefanie, als ich mit dir schwanger war, fand ich es auch aufregend, zu beobachten, wie du in mir wächst. Natürlich war es bei Kevin und Melissa auch noch so. Aber doch nicht so, wie beim ersten Kind", sagte ihre Mutter.

"Mama, ich will nicht noch dicker werden", sagte Stefanie.

„Steffi, eigentlich bist du noch gar nicht so dick. Ich war viel dicker im sechsten Monat. Vielleicht kommt das ja noch. Du hast ja noch ein paar Monate Zeit."

Stefanie lachte. "Hoffentlich nicht. Es reicht. Mir passen die Hosen nicht mehr."

Ihre Mutter hatte vor einigen Wochen ein paar Hosen von Stefanie zur Schneiderin gebracht und ändern lassen. An den Seiten wurden die Nähte aufgetrennt und ein dreieckiges Stück Stretchstoff eingenäht. So waren die Hosen oben am Bund um einiges breiter geworden. Doch mittlerweile wurden sie auch zu eng.

„Steffi, ich glaube, wir müssen dir bald Umstandsklamotten kaufen", sagte ihre Mutter und hob den Pullover hoch, um zu sehen, wie eng die Hose saß.

"Na hör mal, die kriegst du ja kaum zu. Wird wirklich Zeit. Ich rede mit Papa darüber, dass wir am Samstag in die Stadt fahren werden."

Am Samstagmorgen fuhr sie mit ihrer Mutter wie besprochen in die Stadt. Sie fanden schnell Sachen für Stefanie. Ihre Mutter kaufte zwei Hosen und einige weite Pullover.

Stefanie hatte ein schlechtes Gewissen, weil ihre Eltern nun für sie Geld ausgeben mussten. Sie wusste schließlich, dass ihre Eltern knapp bei Kasse waren. Seit die Kneipe geschlossen hatte, machte ihr Vater zwar eine Umschulung, aber soweit sie mitbekommen hatte, bekam er vom Arbeitsamt recht wenig Geld.

Ihre Mutter stöhnte des öfteren und sagte, dass sie kaum wisse, wie sie die Familie ernähren solle.

Und nun kostete sie wegen der Umstandsklamotten eine Menge Geld zusätzlich!

Nach dem Einkauf der Klamotten setzten sie sich in ein Café. Der Kellner kam und fragte nach ihren Wünschen. Er sah Stefanie eine Spur zu lange an.

"Was ist? Ist was nicht in Ordnung mit mir?" fragte sie patzig.

Er bekam einen roten Kopf. "Nein, natürlich nicht, entschuldigen Sie bitte."

"Zwei Kakao bitte", sagte ihre Mutter schnell.

Der Kellner ging, ohne Stefanie noch einen Blick zu gönnen.

Stefanie stand auf. "Ich muss mal." Sie ging zur Toilette.

Der Kakao wurde langsam kalt. Stefanies Mutter tippte nervös mit den Fingern auf den Tisch. Wo blieb ihre Tochter? Seit über zwanzig Minuten war sie nun schon auf der Toilette. Sie beschloss, nachzusehen.

Sie fand Stefanie weinend im Waschraum.

"Was ist? Stefanie, ist ja gut", versuchte sie, ihre Tochter zu trösten. Sie nahm Stefanie in den Arm.

"Ich weiß auch nicht", schluchzte Stefanie. Sie lehnte ihren Kopf an die Schulter ihrer Mutter. Warum hatte sie bloß so ein Scheiß-Gefühl?

"Der Kellner, er hat mich angesehen, als hätte ich die Beulenpest. Ich will nicht heulen, Mama, es kommt von alleine. Eigentlich sollte mir egal sein, was der Blödmann von mir denkt."

Stefanie ließ sich von ihrer Mutter trösten. Das tat gut. Wann hatte ihre Mutter sie zum letzten Mal in die Arme genommen? Sie wusste es nicht. Mit Melissa, ja mit ihr schmuste ihre Mutter schon mal.

Langsam beruhigte sich Stefanie wieder.

"Können wir gehen, Schatz?" fragte ihre Mutter.

"Ja, schon besser."

Ihren Kakao trank sie nicht mehr. Ihre Mutter bezahlte und gemeinsam gingen sie.

"Auf Wiedersehen", sagte der Kellner, bemüht, sein freundlichstes Gesicht zu machen.

"Besser nicht", sagte Stefanie leise, jedoch so, dass er es hören konnte.

Stefanie wusste nicht, was mit ihr los. Das war wohl die Schwangerschaft schuld.

In der Schule konnte Stefanie sich nicht mehr richtig konzentrieren. Der Unterricht ging an Stefanie vorüber wie ein Film. Manchmal wusste sie nach der Schule nicht, welche Stunden sie überhaupt gehabt hatte. Sie hatte einfach nicht mehr das Gefühl, dazu zu gehören. Sogar unter den Raucherbaum ging sie nicht mehr. Sie hatte das Gefühl, angestarrt zu werden. Eine Schwangere, die raucht! Eine Schwangere, die erst fünfzehn ist! Sie hatte sich angewöhnt, mit Jenny zum Rauchen auf die Mädchentoilette zu gehen. Dort wurden sie immerhin von niemandem gesehen.

Zu Hause passierte etwas ähnliches wie im Café.

Stefanie half ihrer Mutter beim Kochen. Ihre kleine Schwester kam in die Küche.

"Und, habt ihr was gefunden?" fragte Melissa.

"Ja, haben wir", war Stefanies kurze Antwort.

"Und warum durfte ich nicht mit?" wollte Melissa wissen.

"Melissa, ich habe dir doch erklärt, dass wir für Stefanie neue Sachen gekauft haben. Das nächste Mal fahre ich nur mit dir in die Stadt. Einverstanden?" sagte ihre Mutter.

Damit war Melissa zufrieden. "Dann darfst du nicht mit", sagte sie zu Stefanie.

"Wo ist Kevin?" wollte die Mutter wissen und hoffte, damit das Thema Stadtfahren beendet zu haben.

Melissa sagte: „Er hat sich mit Freunden getroffen. Er wollte zum Essen wieder hier sein. Mama, wann kommt das Baby? Bald?"

"Warum fragst du nicht Stefanie? Ich bekomme es doch nicht. Aber ich kann dich beruhigen. Es kommt noch nicht. Das dauert noch etwas. Warum fragst du?"

"Och, nur so. Wie soll es heißen?"

Stefanie nervte die Fragerei. "Pumuckel soll es heißen", sagte sie und schmiss die Kartoffelschalen wütend in den Mülleimer, traf aber nicht, so dass die Hälfte daneben lag.

„Steffi, wirklich. Sie hat doch vernünftig gefragt. Was hast du denn?" sagte ihre Mutter, bückte sich, um die Schalen aufzuheben.

Stefanie war wütend über sich selbst. Warum reagierte sie so?

Ihr kamen schon wieder die Tränen. Sie hielt die Hände vors Gesicht und lief hinaus.

"Heulsuse, Heulsuse", rief Melissa ihr nach.

Zum Essen erschien Stefanie in der Küche, als wenn nichts vorgefallen wäre. Melissa hatte von ihrer Mutter die Anweisung, Stefanie nicht darauf anzusprechen.

Es fiel Melissa zwar schwer, aber der mahnende Blick ihrer Mutter hielt davon ab, etwas zu sagen. Sie hätte zu gerne noch einmal Heulsuse gesagt. Nur um zu sehen, ob Stefanie wieder angefangen hätte zu heulen.

Das Telefon schrillte. Stefanies Mutter hob ab, lauschte einen Moment und sagte dann: „Steffi, für dich."

Stefanie stand auf und ging zum Telefon: „Ja?"

„Ich bin's", hörte sie Marco sagen. „Ich will mit dir reden. Ich meine, äh, ..."

„O.K. Wann?" beeilte sie sich zu fragen, bevor er es sich anders überlegte.

„Jetzt gleich?"

„Ja, ich komme."

„Nein, nicht bei mir zu Hause. Wir können uns vor dem Kino treffen. In einer halben Stunde."

„Ja, o.k. bis dann", sagte sie überglücklich.

„Mama, es war Marco. Er will sich mit mir vertragen. Ist das nicht schön?" sagte sie zu ihrer Mutter.

Ihre Mutter sagte dazu nichts. Was sollte sie auch sagen? Es passte ihr nicht. Aber das konnte sie schlecht zu Stefanie sagen. Sie hatte sich vor ein paar Wochen geärgert, als sie hörte, dass er wegen einer anderen Schluss gemacht hatte. Sie hatte es nicht verstanden. Genauso wenig wie ihr Mann. Was hatte Marco sich dabei gedacht, Steffi sitzen zu lassen? Und jetzt kam er wieder angekrochen. Er würde ihre Tochter nur unglücklich machen, davon war sie überzeugt. Aber ihre Tochter war natürlich vom Gegenteil überzeugt.

Sie hatte damals gesagt, sie habe Verständnis für Marco. Schließlich sei sie jetzt, mit dickem Bauch, hässlich. Was würde wohl ihr Mann dazu sagen, dass sich Marco wieder gemeldet hatte?

Punkt drei Uhr stand Stefanie vor dem Kino. Sie hatte eine neue Hose angezogen und einen neuen Pullover. Er bemerkte es nicht.

„Steffi, ich will nicht viel Worte machen. Es war ein Fehler. Ich weiß das jetzt. Ich liebe dich und sonst keine. Kannst du mir verzeihen?"

„Marco, ich liebe dich", mehr konnte sie nicht sagen.

„Gut. Dann lass uns nicht mehr darüber reden. Wir gehen ins Kino. Komm", sagte er und zog sie zur Kasse.

Stefanie beobachtete im Kino weniger den Film als das Publikum. Fiel sie auf mit ihrem Bauch? Eigentlich war er ja noch nicht so dick, aber immerhin, zu übersehen war er auch nicht. Aber hier passierte nicht das gleiche wie im Café heute morgen. Es nahm niemand von Stefanies Schwangerschaft Notiz.

Nach dem Film ging sie mit Marco noch eine Weile in einem Park spazieren.

"Und, was macht der kleine Josef?" fragte er und tippte sachte auf ihren Bauch.

"Marco, findest du den Namen nicht ein bisschen altmodisch?" stellte sie die Gegenfrage.

Er lächelte, zeigte seine schneeweißen Zähne. "Ich finde Josef sehr schön. Er soll so heißen."

Es war wohl besser, jetzt nicht weiter mit ihm über den Namen zu diskutieren. Sollte er doch denken, es würde ein Josef.

"Möchtest du noch mit zu mir nach Hause?" fragte Stefanie.

"Warum nicht. Komm, lass uns gehen."

Stefanie war glücklich. Wieso hatte sie an ihm gezweifelt?

Sie freute sich, dass er mit ihr nach Hause ging. Schließlich sollten ihre Eltern sehen, dass sie sich wieder so gut wie am Anfang verstanden.

Ihre Eltern saßen im Garten, obwohl es schon recht kühl war. Stefanie setzte sich mit Marco dazu.

Es dauerte eine Weile, bis eine Unterhaltung entstand.

Stefanie wusste, dass ihre Eltern ihn nicht gerne hier sahen.

Stefanies Vater fing das Gespräch an. Er fragte Marco, ob er endlich Arbeit gefunden hätte. Stefanie hatte es nicht lange verheimlichen können, dass er arbeitslos war.

Marco antwortete geduldig. "Bis jetzt hat es noch nicht geklappt. Ich bemühe mich."

"Und wie sieht es mit einer Wohnung aus? Du hast doch gesagt, du willst bei deinen Eltern nicht mehr lange wohnen?" wollte ihr Vater nun wissen.

Marco erklärte, er habe sich vor einer Woche eine Wohnung angesehen. Wenn er Glück hätte, nun, dann würde er die Wohnung bekommen.

Stefanies Vater fiel nun etwas anderes ein. "Mein Arbeitskollege, der Münster, dessen Frau war zweimal schwanger. Jedesmal eine Fehlgeburt. Der Arzt hat ihr gesagt, sie kann keine Kinder mehr bekommen. Allerdings haben sie sich bei jeder Schwangerschaft jede Menge Sachen für das Baby angeschafft. Auch einen Kinderwagen und ein kleines Bettchen. Er hat mich gefragt, ob ich die Dinge für Stefanie haben möchte. Seine Frau kann es nicht ertragen, dass die Sachen bei ihr rumstehen. Kann ich auch verstehen. Was sagst du dazu?" Er schaute Marco fragend an.

Stefanie hatte gespannt zugehört. Babysachen! Sie hatte bis jetzt noch nicht daran gedacht, was alles angeschafft werden musste.

"Find ich gut. Kauf die Sachen", sagte Marco und nahm einen Schluck aus der Flasche, die er in der Hand hielt.

"Was heißt, kauf die Sachen? Ist das mein Kind oder dein Kind?" fragte ihr Vater.

"Was will er denn dafür haben?" mischte Stefanie sich ein.

"Er hat keinen Preis genannt. Aber ich denke, er will nicht den Neupreis der Sachen. Schließlich haben die Sachen fast zwei Jahre rumgestanden."

Marco verstand, was Stefanies Vater sagen wollte.

"Mein Gott, dann bezahle ich eben die Sachen. Frag ihn, was er haben will. Ich bezahle, wenn du kein Geld dafür hast", murrte Marco..

Stefanie bekam Angst. Warum war Marco so frech zu ihrem Vater? Sie wollte unter keinen Umständen, dass wieder ein Streit entstand.

"Papa, Marco ist doch arbeitslos", sagte sie leise.

Marco wusste, er war zu weit gegangen. Er nahm noch einen Schluck, setzte die Flasche wieder ab und sagte: "Schwiegervater", und dieses Wort betonte er, „wir machen es so: Du fragst, was er haben will. Und wir beide teilen uns den Spaß. Einverstanden?"

Stefanies Vater erklärte sich einverstanden. Aber die gute Laune war weg. Es herrschte eine gedrückte Stimmung.

Plötzlich fragte Marco: "Kann ich heute hier schlafen?"

Stefanie stockte der Atem. Sie sah ihren Vater an.

"Ich finde, es gibt keinen Grund, der dagegen spricht", sagte Marco, da keine Antwort kam.

Zu ihrem Erstaunen musste Stefanie feststellen, dass ihr Vater vorerst sprachlos war. Er sah ihre Mutter an.

Sollte er es erlauben? Die Nachbarn wussten schon längst, dass Stefanie schwanger war.

Also, was machte es da aus, wenn er hier schlief? Andererseits hatte er Bedenken. Was tun, wenn das ein Dauerzustand würde? Wochenlang hatte er sich nicht blicken lassen und jetzt, beim ersten Treffen, wollte er sofort hier übernachten. Würde die Beziehung zwischen seiner Tochter und Marco diesmal halten?

Er sah wieder seine Frau an und fragte: „Was meinst du, Hildegard?"

Stefanies Mutter dachte nicht daran, eine Antwort zu geben. Nicht, wenn Marco dabei war.

Sie sah ihren Mann hilflos an. Sie zuckte mit den Schultern, was soviel hieß, wie: weiß nicht, entscheide du.

Marco wartete. "Mach es nicht so spannend. Sag schon ja. Passieren kann ja nichts mehr", sagte er und lachte.

"Meinetwegen", knurrte Stefanies Vater.

Stefanie sah ihren Vater dankbar an. Also hatte er sich doch daran gewöhnt, dass Marco zu ihr gehörte. Sie freute sich riesig. Marco durfte bei ihr schlafen. Nicht heimlich, sondern ganz offiziell. Sie war ganz aufgeregt. Das musste sie Montag sofort Jenny erzählen. Jenny würde sich wundern.

Stefanies Geschwister waren nicht so erfreut darüber. Besonders Kevin nicht, als er merkte, dass Marco keine Anstalten machte zu gehen, obwohl es schon spät war.

"Sag bloß, der blöde Macho schläft hier", fragte er seine Mutter, als sie in die Wohnung kam, um eine Flasche Wasser zu holen.

"Kevin! Erstens hat er einen Namen und zweitens geht dich das nichts an. Papa hat zugestimmt, dass er ausnahmsweise hier übernachtet", sagte sie in einem Ton, der sonst nicht ihre Art war. Es tat ihr auch sofort leid. Ihr Sohn konnte schließlich nichts dafür.

"Natürlich geht mich das was an", sagte Kevin. Er konnte nicht verstehen, dass sein Vater zugestimmt hatte. "Da drüben wohnt mein bester Freund. Direkt gegenüber. Das weißt du doch. Wenn der mitkriegt, dass der blöde Macho ... äh, Marco hier übernachtet, meint der glatt, hier wäre ein Hotel."

"Kevin, jetzt ist genug. Er bleibt hier und Schluss. Er ist Stefanies Freund und damit musst du dich abfinden", wies sie ihn zurecht.

Sie ging wieder in den Garten. Kevin stellte sich ans Fenster und schaute raus. Unmöglich, fand er, dass seine Eltern dem Freund seiner Schwester das erlaubten. Dieser Mann hatte seine Schwester schwanger gemacht. Und seine Eltern taten, als wäre das normal. Er verstand das nicht. Er hatte gedacht, seine Eltern könnten Marco nicht leiden. Die Erwachsenen waren manchmal seltsam. Er hoffte nur, dass er Marco heute abend oder morgen früh nicht begegnete.

Seine Mutter kam wieder rein. "Nacht Mama", sagte Kevin und gab ihr einen Kuss auf die Wange.

Das machte er zwar nicht so gerne, er hasste diese Knutscherei, aber wenn er es nicht tat, kam sie womöglich noch auf die Idee, zu ihm aufs Zimmer zu kommen. Schließlich wollte er in Ruhe eine Zigarette rauchen.

Stefanie war schon längst mit Marco in ihrem Zimmer, als ihre Eltern immer noch im Garten saßen.

"Eigentlich finde ich es nicht gut, wenn er hier übernachtet. Denk doch nur an die Nachbarn", flüsterte Stefanies Mutter.

"Gut finde ich es auch nicht. Aber nicht wegen den Nachbarn. Weil er doch tatsächlich denkt, es steht ihm zu. Er hat Stefanie geschwängert, also darf er auch hier übernachten. So ähnliche Gedanken hat er. Es steht ihm zu. Und was steht uns zu? Das wir Babysachen kaufen müssen. Das wir Großeltern werden, obwohl wir noch keine vierzig sind. Ich verstehe unsere Tochter nicht. Warum merkt sie das nicht? Sie findet es normal. Alles total normal."

"Weißt du eigentlich, dass ich mich auf das Kind freue? Wenn ich in der Stadt bin und in den Schaufenstern Babysachen sehe, würde ich am liebsten alles kaufen," sagte Stefanies Mutter. Sie bekam einen verklärten Blick.

Er sah sie an und lächelte. "Jetzt komm nicht an und sag mir, dass du auch noch eins willst."

"Quatsch. Aber da Stefanie nun mal schwanger ist, müssen wir uns langsam an den Gedanken gewöhnen, dass bald ein Baby im Haus ist", stritt sie seine Vermutung ab.

"Also wenn ich ehrlich bin, ich kann nicht sagen, dass ich mich freue. Mir wäre es lieber, Stefanie bekäme kein Kind."

"Ja, lieber wäre es mir auch, aber sie kriegt nun mal eins."

"Aber Marco braucht sich nicht einbilden, dass er jetzt öfter hier schlafen kann. Das fehlte noch."

"Na, da habe ich auch noch ein Wörtchen mitzureden. Übrigens, wusstest du, dass Kevin ihn absolut nicht leiden kann? Er hat mir vorhin gesagt, er will nicht, dass der blöde Macho hier schläft. Er hat Angst, sein Freund von gegenüber sieht das."

"Mein Sohn spricht aus, was wir denken. Aber was zerbreche ich mir den Kopf? Stefanie will unbedingt mit ihm zusammenbleiben. Kannst du dir vorstellen, dass er mal unser Schwiegersohn wird?"

Sie verzichtete auf eine Antwort. Stattdessen sagte sie: „Komm, es ist schon spät. Lass uns auch schlafen gehen."

Am nächsten Morgen kam Stefanie zum Frühstück in die Küche. Alleine.

"Schläft er noch?" fragte Melissa, die es genau wie ihr Bruder nicht gut fand, dass Marco nun zur Familie gehören sollte.

Auch die Eltern sahen Stefanie fragend an. Wollte er sein Frühstück etwa ans Bett?

"Marco ist schon nach Hause. Vor einer Stunde schon. Er meinte, sonst würde sich seine Mutter Sorgen machen. Sie wusste nicht, dass er hier blieb."

"Das finde ich zwar seltsam. Aber wenn er meint", sagte ihre Mutter. Sie war eigentlich ganz froh darüber. So gab es keinen Streit zwischen Marco und Kevin.

Ein paar Tage später brachte Stefanies Vater die Babysachen mit. Sein Arbeitskollege hatte sie ihm billig verkauft. Stefanie hielt einen Strampler in den Händen. "So klein?" Sie hielt ihn hoch und betrachtete ihn. Da sollte ein Baby reinpassen?

Stefanie machte so gut es ging, in ihrem Kleiderschrank Platz. Irgendwo mussten die Sachen schließlich verstaut werden.

Stefanies Vater sagte, nachdem er das kleine Bett und den Kinderwagen auf dem Speicher untergebracht hatte: „Steffi, du kannst Marco sagen, dass ich die Sachen schon mal bezahlt habe. Er hat ja gesagt, er zahlt die Hälfte mit."

Er lehnte am Türrahmen und wartete auf Stefanies Reaktion. Stefanie sagte nichts dazu. Woher sollte sie wissen, ob Marco tatsächlich vorhatte, ihrem Vater das Geld zu geben oder nicht?

Marco kam abends gutgelaunt. Stefanie zeigte die Babysachen.

"Papa will das Geld von dir. Ihr hattet doch abgemacht, dass jeder die Hälfte zahlt", sagte sie, während sie ihm einen winzigen Strampler zeigte.

Marco griff umständlich in seine Hosentasche, zog seine Geldbörse raus und blätterte einen Fünfziger auf den Tisch. "Den kannst du ihm ja geben", sagte er.

Er hatte ein ganzes Bündel Geldscheine. Wo hatte er das Geld her? Aber Stefanie wagte nicht, zu fragen. Schon eine halbe Stunde später wollte er wieder gehen.

"Wir könnten mehr gemeinsam unternehmen. Ich meine, du musst ja nicht unbedingt hier hin kommen. Ich könnte auch zu dir kommen, so wie vorher", sagte Stefanie zu ihm. Sie wollte ihn öfter sehen. Und nicht nur für eine halbe Stunde.

"Vorher was?"

"Wie vor der Schwangerschaft. Oder vor deinem Urlaub."

"Soll ich dir mal was sagen? Das bildest du dir ein. Das wird wohl die Schwangerschaft sein. Du bist ein Jammerlappen geworden."

"Aber was machst du immer, wenn wir nicht zusammen sind? Zu Hause bist du auch nicht. Ich habe schon oft versucht, dich anzurufen. Du bist nie da. Wo bist du?"

Das war für Marco zuviel. Er wurde wütend. Sie sah es an seinen Augen. Stefanie setzte sich aufs Bett und hielt den Kopf gesenkt.

Warum war sie nur so eifersüchtig? Eifersüchtig auf die Zeit, die sie nicht mit ihm verbrachte.

"Das fehlt mir noch. Dir Rechenschaft über jede Minute geben. Ich will ja auch nicht wissen, was du machst, wenn ich nicht da bin. Und jetzt ist Schluss damit. Ich will keine weiteren Fragen mehr hören. Schau dir die Babysachen an; du kannst ja schon mal üben mit einer Puppe. Dann hast du etwas zu tun. Aber lass mich mit deinen Fragen in Ruhe."

Er schmiss die Tür hinter sich zu.

Kein Kuss. Kein Abschied. Sie hatte ihn mal wieder wütend gemacht.

Auch in der nächsten Zeit sah sie Marco kaum. Er hatte entweder keine Zeit, weil er geschäftlich tun hatte oder er hatte keine Zeit, weil er sich um eine Wohnung oder eine Arbeitsstelle kümmerte. Sagte er.

Plötzlich veränderte er sich. Wenn sie sich sahen, war er lieb und freundlich. Richtig ungewöhnlich! Er brachte ihr immer öfter ein Geschenk mit. Einmal eine Kette, ein andermal etwas zum Anziehen. Einmal brachte er sogar Blumen für ihre Mutter mit.

Anfang November brachte er ihr einen Mantel mit. "Damit mein Josef nicht friert", sagte er und legte ihr den Mantel um die Schultern.

Der Mantel gefiel Stefanie nicht, doch hütete sie sich, ihre Gedanken auszusprechen. Sie sagte nur: "Danke

Marco. Das war doch nicht nötig. Ich habe doch eine dicke Jacke."

"Deine Eltern haben gesagt, ich soll für dich sorgen. Also mach ich das auch" antwortete er.

"Probier ihn doch mal", forderte er sie auf.

Sie zog den Mantel an, drehte sich vor ihm.

"Und? Wie sehe ich aus?" fragte sie und versuchte, ihren dicken Bauch zu verbergen.

"Toll. Wirklich. Du kannst ihn direkt anlassen. Ich möchte mit dir ein bisschen spazieren gehen."

"Jetzt? Wohin denn?" wollte sie wissen.

"Eine Überraschung. Komm lass uns gehen", sagte er und zog sie mit sich.

"Warte, ich muss wenigstens Bescheid sagen."

Sie gingen gemeinsam ins Wohnzimmer. Ihre Mutter und Melissa bastelten eine St-Martin Laterne für Melissa.

"Mama, ich geh etwas mit Marco spazieren. Wir sind bald wieder zurück."

Ihre Mutter schaute sie an, bemerkte den neuen Mantel und sagte zu Marco "Schick." Mehr nicht. Sie wandte sich wieder der Bastelarbeit zu.

Stefanie ging mit Marco los. Wo wollte er sie hinführen? Fragen nutzte nichts, das wusste sie.

Nach einer Viertelstunde konnte sie nicht mehr mit ihm Schritt halten.

Sie war jetzt im siebten Monat schwanger. Der Bauch störte sie. Er störte beim Sitzen, beim Liegen, beim Aufstehen und schnell laufen konnte sie natürlich auch nicht.

"Marco, bitte, lauf doch nicht so schnell. Ich kann nicht mehr", schnaufte sie.

"Stell dich nicht so an. Wir sind gleich da. Das schaffst du noch", sagte er und ging keinen Schritt langsamer.

Endlich waren sie da. Er machte vor einem alten Haus mit großem Vorgarten halt.

"Hier ist es", sagte er stolz und zeigt auf das Haus.

"Hier ist was?"

"Hier werden wir wohnen. Ich habe das ganze Haus gemietet."

"Das ganze Haus?" Stefanie war fassungslos. Sie hatte mit allem gerechnet. Damit allerdings nicht. Sie sah sich das Haus genauer an.

"So groß ist es auch nicht. Drei Zimmer und Küche und Diele. Aber ein schöner Garten für Josef. Was sagst du dazu?"

"Aber Marco, du weißt doch, dass ich noch nicht ausziehen kann", sagte sie traurig und senkte den Kopf. Sie wollte ihm jetzt nicht in die Augen schauen.

Er streichelte ihr über den Kopf, wie bei einem kleinen Kind.

"Ja, ich weiß. Vorerst werde ich alleine hier einziehen. Und wenn dein Vater irgendwann seine Einwilligung gibt, kommst du nach. Nächste Woche kriege ich die Schlüssel. Dann kann ich es dir von innen zeigen", sagte er und machte wieder Anstalten, zu gehen.

"Wie bist du denn daran gekommen?"

"Durch einen Kollegen. Er kennt den Vermieter."

"Wie hoch ist denn die Miete?"

"Was du alles wissen willst. Komm, wir gehen wieder. Es ist zu kalt."

Sie gingen ein Stück schweigend nebeneinander her.

"Wie hoch ist denn nun die Miete?" fragte Stefanie nochmals.

"Sechshundert."

"Ich glaub, ich hör nicht richtig." Stefanie blieb stehen.

"Na und, es ist immerhin ein ganzes Haus."

"Hast du Arbeit gefunden und es mir nicht gesagt?"

"Quatsch. Wie kommst du denn darauf?"

"Aber wie willst du dann die Miete bezahlen?"

"Du weißt, ich mache Geschäfte. Ach ja", er tat, als wäre ihm etwas wichtiges eingefallen. "Das wollte ich dir noch sagen. Nächste Woche muss ich für zwei Wochen geschäftlich weg."

"Für zwei Wochen? Warum so lange? Marco, ich bitte dich, sag mir endlich, welche Geschäfte du machst."

"Das ist reine Männersache", sagte er und machte schnellere Schritte. Vielleicht dachte er, wenn sie aus der Puste kam, konnte sie nicht so viel fragen.

"Gerade jetzt. Marco, nächste Woche wollte ich dich mitnehmen. Zum Arzt. Er macht wieder eine Ultraschalluntersuchung. Du könntest dann die Herztöne des Babys hören und es auf dem Bildschirm sehen", sagte sie enttäuscht.

"Man kann eben nicht alles haben. Entweder möchtest du, dass ich arm bin und mir nichts leisten kann, oder du möchtest eine schöne Wohnung, tolle Klamotten und so weiter. Du kannst wählen. Und übrigens, den

Kleinen werde ich später oft genug sehen. Da brauche ich keinen Bildschirm."

Stefanie sagte nichts mehr. Wenn sie ihm jetzt zeigen würde, das sie sauer war, dann wäre der Teufel los. Also nichts sagen und so tun, als ob sie einverstanden wäre.

Zu Hause angekommen, erzählte Marco sogar ihrem Vater ganz stolz von dem Haus.

Marco blieb noch eine Weile und verabschiedete sich dann. Sie brachte ihn zur Tür.

"Bis Freitag, Schatz, pass auf dich auf", sagte er und küsste sie. Sie drückte ihn fest. Wieder würde sie ihn zwei Tage nicht sehen. Es fiel ihr schwer, ihn gehen zu lassen.

Stefanie ging langsam wieder ins Wohnzimmer. Was sollte sie jetzt machen. Fernsehen? Ihr Vater riss sie aus ihren Gedanken.

„Steffi, kannst du mir vielleicht mal sagen, was es mit diesem Haus auf sich hat? Ich meine, woher will er das Geld für die Miete auftreiben? Er ist doch arbeitslos. Oder hat er im Lotto gewonnen?"

Stefanie setzte sich. Was sollte sie antworten? Sie wusste doch selbst nicht, warum Marco dieses Haus mieten wollte.

"Papa, ich weiß es nicht. Ich weiß nur, dass er für vierzehn Tage auf Montage oder ähnliches muss."

"Arbeit für vierzehn Tage? Um welche Arbeit handelt es sich denn?"

"Ich weiß es nicht. Ich glaube, er will es erst sagen, wenn er dort fest angestellt wird. Ich glaube, es ist vorerst so etwas wie Schwarzarbeit" sagte sie und schaute auf den Fernseher, in der Hoffnung, ihr Vater würde mit den Fragen aufhören.

Nach dem Film ging Stefanie in ihr Zimmer. Sie fragte sich, genau wie ihr Vater, welche Arbeit Marco für zwei Wochen hatte. Was machte er? Er redete kaum mit ihr über das, was er machte, wenn sie nicht zusammen waren. Warum hatte er kein Vertrauen zu ihr?

Sie holte ihre Schultasche hervor und packte für den nächsten Tag. Noch zweieinhalb Wochen. Dann fing ihr Mutterschutz an. In der letzten Zeit fiel es ihr schwer, in die Schule zu gehen. Am Anfang der Schwangerschaft hatte es ihr nichts ausgemacht. Aber jetzt, mit dickem Bauch, hatte sie immer öfter das Gefühl, angestarrt zu werden. Obwohl Jenny ihr immer wieder beteuerte, es wäre nicht so.

Die Lehrer verhielten sich wie am Anfang der Schwangerschaft. Kaum einer sprach sie wegen der Schwangerschaft an. Außer der Biolehrer. Herr Teiler konnte es sich nicht verkneifen. Erst letzte Woche hatte er sie gefragt, und das natürlich vor der ganzen Klasse, ob sie denn schon ein Baby wickeln könnte.

Am nächsten morgen in der Schule erzählte Stefanie ihrer Freundin, was sie bedrückte. Sie erzählte, das Marco vorhatte, ein Haus zu mieten. Und traurig fügte sie hinzu: "Und für zwei Wochen muss er geschäftlich weg."

„Da stimmt doch was nicht", antwortete Jenny. Weiter konnten sie sich nicht unterhalten, der Unterricht fing an.

Der Unterricht zog sich in die Länge. Stefanie war froh, als endlich der Gong ertönte. Sie fuhr mit Jenny zusammen im Bus. Seit ihre Übelkeit verschwunden war, konnte sie wieder Busfahren und brauchte nicht mehr laufen.

Der Bus war voll. Kein Sitzplatz mehr. Sie stellte sich mit Jenny auf den Kinderwagenplatz und hielt sich an der Stange fest. Sie unterhielten sich angeregt, als Stefanie plötzlich bemerkte, dass jemand an ihrem Ärmel zupfte.

"Junge Frau, bitte setzen Sie sich", sagte eine ältere Frau. Sie stand von ihrem Platz auf und zeigte mit ihrer Hand auf den nun freien Sitz.

Stefanie war im ersten Augenblick völlig perplex. Die alte Frau war für sie aufgestanden! Stefanie sagte verlegen: „Nein danke, bleiben Sie doch sitzen."

"Kommt nicht in Frage. Sie brauchen den Platz dringender als ich. Bitte setzen Sie sich. Der Fahrer braucht bloß mal bremsen und schon fallen Sie hin." Die Frau ließ sich nicht beirren.

"Los, setz dich", flüsterte Jenny.

Stefanie nahm das Angebot an und setzte sich. "Danke", sagte sie nochmals. Hoffentlich hatte außer Jenny niemand etwas mitbekommen, dachte sie. Das fehlte ihr noch. Eine alte Frau stand wegen ihr auf. Stefanie war die Sache mehr als peinlich.

Sie drehte den Kopf und suchte Jenny. Sie stand immer noch an der Stange und grinste sie an. Die Frau stand neben Jenny und hielt sich ebenfalls an der Stange fest. Stefanie verspürte große Lust, Jenny die Zunge rauszustrecken. Aber was sollte dann die Frau von ihr denken?

Die letzten Wochen, in denen Stefanie noch zur Schule musste, vergingen schnell. Ende November kam dann der letzte Tag, an dem Stefanie die Schule besuchen musste. Der Unterricht verlief genau wie sonst. Stefanie wusste nicht, ob es überhaupt bekannt war, dass heute ihr letzter Tag war. Sie freute sich, dass sie heute nicht bei Herrn Teiler Unterricht hatte. Dem wäre bestimmt etwas Passendes eingefallen.

Nach Schulschluss wunderte sich Stefanie dann doch sehr, dass ihr Klassenlehrer, Herr Bruckmann, auf sie zukam und sie ansprach. Er gab ihr zum Abschied seine Hand und wünschte ihr für die Zukunft alles Gute. Dann sagte er ihr noch, dass sie ihr Zeugnis im Januar bekommen würde.

Stefanie hatte stumm zugehört und leise ein Danke rausgequetscht. Zu mehr war sie nicht in der Lage. Was sollte sie auch sagen?

Zu Hause fragte ihre Mutter: "Und Stefanie, was ist das für ein Gefühl, nicht mehr zur Schule zu müssen?" Stefanie hatte Hunger. Sie stopfte sich den Mund voll. "Gut" sagte sie mit vollem Mund.

Melissa und Kevin waren neidisch.

Melissa sagte: "Mann, würde ich einen Freudentanz machen, wenn ich nicht mehr zur Schule müßte."

Kevin war fast fertig mit dem Essen. Er meinte dazu: „Da musst du aber noch lange warten. Oder du musst einfach schwanger werden."

"Nein, da geh ich lieber zur Schule", sagte Melissa und schaute auf Stefanies Bauch. So dick wollte sie nicht werden.

Anfang Dezember teilte Marco Stefanie mit, dass er nochmals für vierzehn Tage geschäftlich weg müsste.

Stefanie war ziemlich niedergeschlagen. Sie überlegte, wie sie ihn vielleicht doch dazu bewegen könnte, nicht zu verreisen.

"Marco, wirklich, ich bitte dich nicht gerne, aber bleib doch hier. Kannst du nicht erst dann fahren, wenn das Kind geboren ist? Im Januar. Bitte, bleib jetzt hier. Warum muss das schon wieder sein?"

Er nahm ihre Hand. „Steffi, es muss sein. Glaub mir."

"Marco, dann sag mir, warum du fahren musst. Es ist mein Recht, es zu wissen. Du kannst doch nicht einfach sagen, geschäftlich." Sie sah ihm in die Augen.

Nein, diesmal funkelten sie nicht wütend. Also war ihm die Frage nicht auf die Nerven gegangen, wie sie befürchtet hatte.

"Na gut, wenn du es unbedingt wissen willst. Wir haben hier Ware eingekauft und verkaufen sie dort."

"Wer ist wir? Und was bedeutet dort?"

"Wir, das bin ich und mein Kollege. Dort ist in Italien. Schatz, nur noch dieses eine Mal. Danach fahre ich nicht mehr weg und suche mir eine feste Arbeit. Ich verspreche es."

Er hatte auch versprochen, dass er das Haus, das er ihr so stolz gezeigt hatte, für sie mieten würde. Daraus war auch nichts geworden, weil angeblich der Vermieter selbst dort einziehen wollte. Die Geschichte kam Stefanie ziemlich unglaubwürdig vor. Zumal es schon das zweite Mal war, dass er eine Wohnung nicht bekam, von der er behauptet hatte, er würde sie bestimmt bekommen. Stefanie wollte ihn aber nicht darauf ansprechen, sie war ziemlich froh darüber, nicht wieder mit ihm darüber diskutieren zu müssen, ob sie nun ausziehen durfte oder nicht.

Und jetzt versprach er, es sei das letzte Mal, das er seine Geschäfte erledigte. Konnte sie ihm glauben? Warum nur hatte sie in letzter Zeit Zweifel an seiner Glaubwürdigkeit?

"Schatz, sei doch nicht so traurig. Ich liebe dich. Und nur für dich und das Baby mache ich das alles. Glaub mir", sagte er und küsste sie.

Sofort waren Stefanies Zweifel verschwunden. Er liebte sie. Also musste sie ihm vertrauen, redete sie sich ein. Sie schmiegte sich an ihn. Er gab ihr das Gefühl, nicht alleine zu sein.

Eine Frage allerdings konnte Stefanie sich nicht verkneifen. "Marco, um welche Art von Ware handelt es sich denn?"

Sie war an ihn gelehnt und wäre fast umgekippt, so schnell stand er auf. Jetzt funkelten seine Augen so, dass Stefanie Angst bekam. Was hatte sie jetzt getan?

"Ich habe bald die Schnauze voll von deiner Fragerei. Lass mich damit in Ruhe. Ich fahre und basta. Es geht dich überhaupt nichts an, was ich verkaufe. Wenn ich der Meinung wäre, du solltest es wissen, hätte ich es schon längst gesagt. Ich hoffe, nach der Schwangerschaft bist du wieder so wie vorher. Da warst du nicht so frech." Er hatte sich in Wut geredet. Er hatte mit den Händen rumgefuchtelt, dass Stefanie schon dachte, sie bekommt wieder eine Ohrfeige.

Warum hatte ihre Frage ihn so wütend gemacht?

"Natürlich geht mich das was an. Und da du so reagierst, muss ich bald denken, es handelt sich um krumme Geschäfte", schrie sie zurück. Warum sollte nur er schreien? Stefanie war wütend, weil er so mit ihr umging. Sie war doch nicht irgendwer, sondern seine Freundin.

Marco war überracht, weil sie nun auch laut geworden war. Das konnte und wollte er sich nicht gefallen lassen.

"Unterstell mir keine Dinge, von denen du keine Ahnung hast." Er fing an, im Zimmer auf und ab zu gehen.

"Marco, ich will es wissen" Stefanie wollte diesmal nicht wieder klein beigeben. Im übrigen war auch sie gereizt.

Sie holte tief Luft und fragte: "Hast du wieder eine andere?"

"Ich habe keine andere. Was soll der Scheiß?" fragte er heftig.

„Ist sie auch schwanger?" war ihre nächste Frage.

"Nein, sie ist nicht schwanger. Meinst du, ich mache jeder Frau ein Kind?" Er setzte sich. Ganz ruhig hatte er das gesagt. Das konnte doch nicht sein Ernst sein. Er wollte sie ärgern. Oder? Sie hatten sich doch erst vor kurzem wieder vertragen. Er hatte ihr hoch und heilig geschworen, er habe mit dieser Frau Schluss gemacht.

Sie versuchte, ihre Gedanken zu ordnen. Er hatte tatsächlich wieder eine andere. Sie konnte, nein, sie wollte es nicht glauben.

Er lächelte sie an. Aber es war nicht sein warmes Lächeln, das sie so sehr liebte. Es war eiskalt.

"Mein Schatz, nur damit das klar ist: Ich habe keine Schuld daran. Du hast mich doch in ihre Arme getrieben. Wenn du nicht so abweisend wärst und öfter mit mir geschlafen hättest, hätte ich mir auch keine andere gesucht. Wenn du gekämpft hättest, dann hätten wir vielleicht heiraten können. Aber nein, du musst ja auf Papi hören. Du bist es Schuld. Du alleine."

Steffi konnte ihre Tränen nicht zurückhalten.

Er ließ seine Worte auf sie einwirken. Nach ein paar Minuten, nachdem sie aufgehört hatte zu schluchzen, fuhr er fort: "Aber ich kann dich beruhigen. Es ist nichts Festes. Ich werde wohl nicht mehr lange mit ihr zusammenbleiben. Wenn das Kind erst mal da ist, und du wieder vernünftig wirst, dann werde ich natürlich bei dir bleiben. Aber wenn du unbedingt wissen willst, wohin ich fahre. Bitte! Du wolltest es ja hören. Ich fahre mit Claudia weg. Ich muss ihr schließlich schonend beibringen, dass ich mit ihr Schluss mache. Und das mache ich schließlich nur für dich. Falls du das kapierst."

Stefanie hatte das Gefühl, sie träumte. Das konnte doch nicht wahr sein. Mußte sie sich das gefallen lassen? Ihre Gedanken überstürzten sich. Eigentlich wusste sie, was sie zu tun hatte. Sie holte tief Luft, so als könnte sie dadurch die nötige Kraft sammeln und sagte dann: "Hau ab. Ich will dich nicht mehr sehen. Und deinen Josef, den kannst du vergessen. Mach deiner Claudia einen, wenn du willst. Ich will nichts mehr mit dir zu tun haben."

So, das war raus. Doch wenn er sie jetzt traurig anschauen würde, dann würde sie schwach. Das wusste sie.

Ruckartig stand sie auf und lief aus dem Zimmer. Sie schloss sich im Bad ein.

Er ging ihr nach, rüttelte an der Tür. „Steffi, mach auf."

"Hau endlich ab. Ich will dich nicht mehr sehen", rief sie.

"Denk noch einmal darüber nach. Ich gehe jetzt. In zwei Wochen komme ich wieder."

Sie hörte seine Schritte. Er ging tatsächlich. Nachdem sie hörte, dass die Haustüre aufgemacht und wieder zugemacht wurde, kam sie aus dem Bad. Hoffentlich hatte keiner von ihrer Familie etwas von dem Streit mitbekommen.

Sie ging in ihr Zimmer und legte sich aufs Bett. Sie legte sich auf die Seite, weil der Bauch so am wenigsten störte. Ihre Welt, ihre Traumwelt mit Marco, war zerbrochen. Sie hielt ihren Bauch mit beiden Händen fest und weinte.

Stefanie lag immer noch auf dem Bett, als ihre Mutter ins Zimmer kam.

„Steffi, was ist los? Warum siehst du so verheult aus?" Ihre Mutter setzte sich neben sie. "Sag doch, was du hast", sagte ihre Mutter. Sie wollte ihrer Tochter gern helfen. Aber wenn sie nicht wusste, warum Stefanie so traurig war, konnte sie auch nicht helfen. Warum konnte ihre Tochter nicht mit ihr reden, fragte sie sich zum x-ten Mal. Stefanie setzte sich mühsam hin. Sie ließ den Kopf hängen und starrte auf ihre Hände.

„Steffi, habt ihr Krach? Marco ist ja fast rausgerannt." Stefanie entschloss sich, einen Teil ihrer Mutter zu sagen. Sie würde sonst keine Ruhe geben. Leise sagte sie: „Ich glaube, es ist Schluss. Diesmal aber wirklich", sagte sie traurig.

"Warum?"

Eine Antwort bekam sie nicht. Stefanie war nicht in der Lage, alles ihrer Mutter zu erzählen.

In der nächsten Zeit schreckte Stefanie bei jedem Telefonklingeln zusammen. Das ist er, dachte sie. Und wenn er es ist, was sage ich dann? Soll ich hart bleiben und nicht nicht wieder nachgeben?

Erst ein paar Tage später rief er an. Es hatte Stefanie eine Menge Kraft gekostet, auf den Anruf zu warten. Sie hatte vom ersten Tag an selbst anrufen wollen. Aber sie hatte sich gezwungen, es nicht zu tun. Sie wollte sich eigentlich nicht wieder mit ihm vertragen. Es würde nicht gut gehen, versuchte sie sich einzureden.

Das Telefon klingelte. Melissa nahm den Hörer ab.

„Steffi", rief sie laut, „für dich. Es ist Marco."

Stefanie nahm zitternd den Hörer in die Hand. "Ja", sagte sie nur.

„Steffi, es tut mir schrecklich leid. Ich habe den Urlaub auch extra wegen dir abgebrochen. Ich hatte das Geschäftliche mit dem Urlaub verbunden. Da das Geschäft schnell erledigt war, habe ich es dort nicht länger ausgehalten. Ich habe Claudia auch gesagt, dass ich lieber mit dir zusammen bleiben will. Sie weiß also Bescheid. Ich wollte dir nun vorschlagen, dass wir uns noch einmal zusammensetzen und darüber reden. Was sagst du dazu?"

Er hatte schnell gesprochen. Und zwar so, als hätte er den Text vorher zwanzig Mal geübt.

Stefanie überlegte kurz. Sollte sie ihm noch eine Chance geben? Vielleicht war sie wirklich selbst Schuld, dass er sich die andere genommen hatte. War sie zu abweisend gewesen? Nein – sie wollte doch hart bleiben!

"Meinetwegen. Aber erst morgen. Heute ist es schon zu spät", sagte sie so gelassen wie möglich. Er sollte nicht bemerken, wie sie sich fühlte.

"Also gut, bis morgen. Ich liebe dich." Er legte auf.

Stefanie legte den Hörer auf und ging in die Küche. Ihre Mutter saß am Tisch. Sie spielte mit Melissa ein Würfelspiel.

Ihre Mutter blickte kurz hoch. "Du strahlst ja richtig. Habt ihr euch wieder vertragen?"

"Haben die zwei Krach?" wollte Melissa wissen.

"Mama, ich geh schon ins Bett. Ich bin müde", sagte Stefanie, ohne ihrer Mutter oder Melissa zu antworten.

Im Bad betrachtete Stefanie ihr Gesicht. Strahlte sie? Quatsch. Noch hatte sie sich schließlich nicht mit ihm vertragen. Eigentlich hatte sie es ja auch nicht vor. Sie wusste selbst nicht, was sie wollte.

Stefanie zog ihr Nachthemd an und legte sich hin. Sie schlief schnell ein. Um ein Uhr nachts wurde sie wach, weil sie zur Toilette musste. Sie hatte das Gefühl, wenn sie jetzt nicht sofort aufstand, würde sie glatt ins Bett machen.

Sie schob die Bettdecke zur Seite und stand müde auf. Sie hatte schon die Klinke ihrer Tür in der Hand, da fiel ihr ein, dass, wenn sie schon zum Klo musste, sie auch gleich eine Zigarette rauchen könnte.

Sie ging wieder zurück zum Bett, hob die Matratze an und holte aus ihrem Versteck eine Zigarette. Plötzlich hatte sie ein seltsames Gefühl im Unterleib. Sie rannte zur Toilette, setzte sich hin. Jetzt war das komische Gefühl wieder weg. Bekam sie jetzt Durchfall? Sie steckte die Zigarette an und rauchte. Was hatte sie heute gegessen? Das war ihr wohl nicht bekommen.

Plötzlich hatte sie wieder das seltsame Gefühl. Es war wie eine Schmerzwelle. Und dann dieses Gefühl, als wenn sie dringend müsste, als wenn sie Durchfall hätte. Sie saß auf der Toilette und drückte. Nichts. Langsam wurde es kalt.

Sie schmiss die Kippe ins Klo, zog ab und ging wieder ins Bett.

Sie kuschelte sich in die Decke. Aber mit Einschlafen war nichts. Schon wieder dieses Gefühl. Sie musste aufstehen, ob sie wollte oder nicht. Schließlich wollte sie nicht ins Bett machen.

Wieder auf der Toilette, wiederholte sich das gleiche Spiel wie eine halbe Stunde vorher. Nichts. Sie drückte, bis ihr heiß wurde. Sollte sie noch eine Zigarette rauchen? Nein, es war zu kalt im Bad.

Sie ging wieder zu Bett. Hoffentlich konnte sie jetzt schlafen.

Stefanie quälte sich zwei Stunden. Immer wieder musste sie zum Klo. Sollte sie eine Magen-Darm-Tablette nehmen? Bestimmt hatte ihre Mutter so ein Zeug im Apotheker-Schränkchen. Sie öffnete das Schränkchen, fand allerdings nur Magen-Darm-Tee. Nein, auf Tee hatte sie jetzt keinen Durst.

Sie ging wieder ins Bett. Fast wäre sie eingeschlafen, hätte sie nicht diese seltsame Wärme unter sich gespürt. Und nass fühlte es sich an. Hatte sie jetzt ins Bett gepinkelt? Sie schlug die Bettdecke zur Seite und musste erkennen, dass das Bett nass war.

Sie stand auf, sah an sich herunter. Alles naß. Und dann dieses mulmige Gefühl. Sie bekam Angst und schrie aus vollem Hals: "M a m a."

Keine Minute später stand ihre Mutter in der Tür. "Hast du gerufen oder habe ich geträumt?" fragte sie verschlafen.

"Mama, ich habe dauernd das Gefühl, dass ich zur Toilette muss. Ich habe Schmerzen im Unterleib. Und, ich schäme mich so, ich habe ins Bett gepinkelt", sagte

Stefanie und zeigte auf das nasse Bett. „Und ein bisschen Blut ist auch gekommen", sagte sie leise.

Sofort war ihre Mutter hellwach.

"Um Gottes Willen, Kind. Die Fruchtblase ist geplatzt. Das Baby kommt. Ich rufe sofort den Arzt. Leg dich still hin. Ich komme sofort wieder", ihre Mutter drückte sie sanft wieder ins Bett.

"Bleib bloß liegen. Ich bin sofort wieder da."

Sie rannte die Treppen hinunter und rief den Notarzt an.

Nachdem sie wieder aufgelegt hatte, lief sie wieder zu Stefanie.

"Mama, ich muss aufs Klo, sonst nichts. Das Baby hat noch Zeit. Ich spüre doch genau, dass ich nur mal muss", sagte Stefanie und wollte aufstehen.

"Bleib liegen, Stefanie, und versuch, nicht zu drücken. Das sind die Wehen", erklärte sie und wünschte, sie hätte mit ihrer Tochter wenigstens *einmal* über das Thema Geburt gesprochen.

Warum hatten sie eigentlich nicht darüber gesprochen? Stefanie hatte nie gefragt. Und von alleine etwas sagen? Warum? Stefanie war doch bei einem Arzt in Behandlung. Warum hatte er Stefanie nicht erklärt, wie eine Geburt verläuft?

„Steffi, soll ich Marco anrufen?" fragte ihre Mutter plötzlich. Ihr war eingefallen, dass er schließlich der Vater war.

"Nein, bitte nicht", stöhnte Stefanie, sie hatte wieder eine Wehe.

Nach knapp zehn Minuten traf der Notarzt ein. Stefanies Mutter öffnete die Tür.

"Kommen Sie bitte mit nach oben. Sie ist oben. Mein Gott, ich glaube, sie kriegt das Kind. Das wäre viel zu früh", sagte sie mehr zu sich selbst als zu dem Arzt.

Der Arzt untersuchte Stefanie, ließ sich den Mutterpass zeigen und sagte dann zu Stefanie: „Junge Frau, Ihr Baby will nicht mehr länger warten. Versuchen Sie, nicht zu pressen. Wir schaffen es noch bis ins Krankenhaus", er tätschelte ihre Hand.

Stefanie war fassungslos. Das Baby! Daran hatte sie nicht gedacht. Es war doch noch viel zu früh. Warum hatte sie nicht sofort bemerkt, dass es das Baby war?

Sie hörte nicht, wie der Arzt sich mit ihrer Mutter unterhielt.

Sie hatte Angst.

Der Arzt hatte den Krankenwagenfahrer informiert, der nun auch in Stefanies Zimmer kam.

"Wir tragen sie runter und dann so schnell wie möglich ins Krankenhaus."

Der Arzt rechts, der Fahrer links, trugen sie Stefanie die Treppen hinunter. Sie saß auf einer Krankenliege, die der Fahrer zu einem Stuhl umfunkioniert hatte.

"Schatz, ich weck Papa. Wir kommen nach. Hab keine Angst", sagte ihre Mutter. Sie streichelte Stefanie die Haare aus der Stirn.

Sie ging mit bis zur Haustür und sah zu, wie die beiden Männer Stefanie auf eine Trage legten und in den Krankenwagen schoben.

Der Krankenwagen fuhr los. Stefanie spürte wieder dieses Ziehen. Das sollten die Wehen sein? Warum schreien Frauen, die in Filmen Kinder bekommen, so erbärmlich, dachte sie. Zum Schreien war ihr nicht zumute, eher wurde sie das Gefühl, dass sie dringend zum Klo musste, nicht los.

"Nicht pressen", sagte der Arzt, der neben ihr saß. „Wir sind gleich im Krankenhaus. Im Kreißsaal wartet schon die Hebamme", sagte er freundlich. Er lächelte sie an.

Warum lächelte er, fragte sie sich. Lachte er sie aus oder an?

Stefanie hoffte, dass sie bald im Krankenhaus ankamen. Sie würde es nicht mehr lange aushalten.

Der Wagen hielt plötzlich an. Der Fahrer sprang sofort heraus und beeilte sich, Stefanie aus dem Wagen zu holen. Sie wurde durch einige Gänge geschoben. Endlich waren sie am Kreißsaal angekommen.

Jetzt bekam sie noch mehr Angst. Vielleicht musste sie gleich doch so schreien, wie die Frauen in den Filmen. Sie wollte keine Schmerzen haben.

Warum zum Teufel hatte sie sich von Marco überreden lassen, dieses Baby zu bekommen?

Stefanie wurde von der Trage auf eine Liege gehoben. Sie dachte an die Worte des Arztes. Nicht drücken. Das war leicht gesagt.

Eine Hebamme stand plötzlich neben ihr und sagte: "Versuchen Sie, sich zu entspannen."

Der Fahrer stand noch neben Stefanie. Er füllte einen Zettel aus.

Stefanie griff nach seinem Arm. Sie krallte sich fest.

"Ich halte das nicht aus", stieß sie hervor und presste. Sie ließ ihn nicht los.

Nach der Wehe schnappte sie nach Luft. Diesmal war der Schmerz größer. Kaum war der Schmerz weg, spürte sie die nächste Wehe. Sie presste wieder. Und presste. Nach der Wehe holte sie tief Luft. Warum war sie nicht zu diesem Schwangerschaftskurs gegangen, fragte sie sich? Vielleicht wäre es dann jetzt leichter für sie.

Wieder kam eine Wehe. Schlimmer als alle anderen zuvor. Stefanie hatte das Gefühl, ihr Leib würde auseinandergerissen. Sie presste und stöhnte. Dann hörte sie die Hebamme wie aus weiter Ferne: "Es ist ein Mädchen."

Stefanie konnte es kaum fassen. Sie hatte gerade ein Kind geboren. Ein Mädchen!

Die Hebamme versorgte das Baby.

Eine andere Hebamme, Stefanie hatte sie bis jetzt noch nicht bemerkt, wandte sich an sie. "So, jetzt noch einmal pressen. Die Nachgeburt muss noch raus."

„Was?"- „Die Nachgeburt, Kindchen. Komm, noch einmal pressen", sagt die Hebamme.

Welche Nachgeburt? Aber sie gehorchte und presste abermals. Es tat nicht weh.

Ein Mann in weißem Kittel betrat den Kreißsaal.

"Da war das Baby ja schneller als ich" sagte er und untersuchte das Kind.

"Sie können mich jetzt loslassen", sagte jemand neben ihr. Erst jetzt bemerkte Stefanie, dass sie den Krankenwagenfahrer immer noch festhielt. Sofort zog sie ihre Hand zurück.

"Danke", hauchte sie leise. Er lächelte sie an und ging. Warum war Marco nicht so verständnisvoll, fragte sie sich?

Nachdem das Baby gewaschen, gewogen, gemessen und vom Arzt untersucht war, legte die Hebamme ihr das kleine Etwas in den Arm. Sie sah ihr Kind zum erstenmal an. Es war wirklich sehr klein und winzig. Es hatte schon viele Haare auf dem Kopf. Schwarze Haare. Wie Marco. Und die Haut war ziemlich dunkel. Die Augen waren auch dunkel.

Es klopfte an der Tür. Die Hebamme ging hin und Stefanie hörte, wie sie sagte "Ein paar Minuten noch. Der Arzt untersucht gerade die junge Mutter. Es ist ein kleines gesundes Mädchen."

War Marco doch gekommen?

Stefanie musste genäht werden. Sie hatte einen Dammriss, sagte ihr die Hebamme. Was immer das auch sein sollte, Stefanie wusste es nicht.

Es ging schnell, tat aber weh. Sie bekam zwar eine Spritze, aber Stefanie hatte das Gefühl, dass die Spritze nicht wirkte. Endlich war der Arzt fertig. Er sagte etwas zu ihr, aber sie hörte nicht zu. Sie betrachtete das Baby. Ihr Baby.

"Wissen Sie schon einen Namen?" fragte die Hebamme, die ein kleines Armbändchen in der Hand hielt. "Ich will den Namen darauf schreiben. Dann kann das Kind auch nicht verwechselt werden."

Wie könnte sie dieses niedliche Baby mit einem anderen verwechseln?

Der Arzt ging hinaus und ließ ihre Eltern in den Kreißsaal.

Stefanie lag jetzt nicht mehr auf der Liege, sondern in einem Bett. Neben ihr das Baby.

Ihre Eltern standen neben dem Bett. Weder ihre Eltern noch Stefanie selbst konnten jetzt etwas sagen.

Nach ein paar schweigsamen Minuten fragte ihre Mutter: "Wie soll es denn heißen?" Sie streichelte dem Baby sanft über die Händchen.

Wieder die Frage nach dem Namen. Stefanie dachte daran, welche Namen sich Marco gewünscht hatte. Ein Josef war es ja nun nicht.

"Sarah", sagte Stefanie. "Sarah soll sie heißen."

Das klang gut. Der Name gefiel ihr. Er war ihr gerade jetzt eingefallen. Marco würde sauer sein, aber egal.

Die Hebamme schrieb den Namen auf das Bändchen, band es um das kleine Handgelenk und sagte: „Das Baby bringen wir jetzt auf die Neugeborenen-Station. Es muss in ein Wärmebettchen."

Sie nahm ihr das Kind ab und brachte es weg.

Ihre Mutter hielt ihre Hand. "Sollen wir morgen früh Marco anrufen?" - "Ja. Ruf ihn bitte an, Mama."

„Steffi, du brauchst jetzt Ruhe. Es ist schließlich mitten in der Nacht. Wir fahren jetzt wieder nach Hause. Bis morgen", sagte ihre Mutter und beugte sich über Stefanie und gab ihr einen Kuss auf die Wange.

Stefanie war verlegen. Das hatte ihre Mutter schon lange nicht mehr gemacht.

"Bis morgen, Stefanie", sagte ihr Vater und tätschelte ihr die Hand.

Stefanie wurde auf die Wöchnerinnen-Station gebracht. Sie wurde in ein Zimmer geschoben, in dem zwei weitere Betten standen. Die Frauen bekamen kaum mit, dass eine Neue ins Zimmer kam.

Sie konnte nicht sofort einschlafen. Sie dachte über die Geburt nach. Eigentlich hatte sie es sich schlimmer vorgestellt. Und länger. Um ein Uhr war sie das erste mal zur Toilette gegangen, zwei Stunden später hatte ihre Mutter den Krankenwagen gerufen und jetzt war es gerade mal vier Uhr. Sie fühlte mit der Hand nach ihrem Bauch.

Er war zwar nicht mehr so dick wie vorher, dafür allerdings fühlte er sich wabbelig und schwammig an. Die Hebamme hatte ihr erklärt, dass es ein paar Wochen dauern würde, bis der Bauch wieder flach würde.

Sie hatte jetzt eine kleine Sarah. Stefanie musste lächeln, weil sie daran dachte, dass der Name Marco wütend machen würde. Sollte er sich ärgern. Schließlich hatte er sie auch geärgert.

Nicht geärgert, sondern betrogen und belogen. Plötzlich war sie sich ganz sicher, dass sie sich nicht mehr mit ihm vertragen wollte. Es hatte es zu weit getrieben. Sie hatte sich viel zu viel von ihm gefallen lassen. Das Baby würde ihr die Kraft geben, hoffte sie.

Er hatte vor ein paar Stunden angerufen und um ein Treffen gebeten. Und nun lag sie hier und war Mutter. Er würde bestimmt auch sauer darüber sein, dass sie ihn nicht sofort benachrichtigt hatte. Doch das war ihr egal. Endlich schlief sie ein. Sie schlief tief und fest und wurde erst wach, als eine Krankenschwester mit den Babys ins Zimmer kam. Ihr Baby und das Baby ihrer Bettnachbarin. Die dritte Patientin, die auch im Zimmer lag, war noch schwanger.

„Wollen Sie anlegen?" fragte die Krankenschwester Stefanie.

„Wie bitte?"

„Anlegen!"

Fieberhaft überlegte sie. Was meinte die Krankenschwester damit. Anlegen? Anziehen oder was? Anlegen konnte man doch nur Geld. Verständnislos schaute sie die Krankenschwester an.

„Dem Baby die Brust geben oder die Flasche?"

Aha. Das war Klartext. „Flasche", antwortete Stefanie. Sie gab ihrem Baby zum ersten Mal die Flasche. Dabei unterhielt sich mit ihren beiden Bettnachbarinnen. Die ältere Frau, sie war ca. fünfunddreißig, sagte ihr, dass sie jede Stunde mit ihrem Baby rechnen könnte. Es war schon über zehn Tage fällig. Es ließ sich Zeit. Stefanie dachte an ihre Mutter, die jetzt eine Oma war. Sie war nur vier Jahre älter als diese Frau, die ihr Kind erwartete.

Die andere Frau war wesentlich jünger. Zweiundzwanzig. Sie hatte ihr zweites Kind bekommen. Die Geburt hatte Stunden gedauert und war sehr schwer gewesen, wie sie Stefanie erzählte. Sie beneidete Stefanie darum, dass es bei ihr so schnell gegangen war.

Stefanie stellte sich recht unbeholfen an, dem Kind die Flasche zu geben. Dauernd rutschte der Nuckel wieder raus. Für das bisschen Flüssigkeit brauchte das Baby fast eine halbe Stunde.

"Du musst das Kind hochheben und das Köpfchen an die Schulter legen. Es muss ein Bäuerchen machen", sagte die ältere. Stefanie folgte ihrem Rat. Vorsichtig veränderte sie die Lage des Kindes. Sie hatte Angst, ihm weh zu tun. Es war so klein und zart.

Danach wechselte sie die Windel. Es klappte erst beim zweiten Mal. Die erste Windel saß total schief und zum Schluss klebte sie nicht mehr zusammen, sondern lag lose um das Baby.

Bei der zweiten klappte es schon besser. Es war ganz schön schwierig, so ein Baby trockenzulegen.

"Aber vor dem Baden habe ich Angst. Es rutscht mir bestimmt ins Wasser", sagte Stefanie.

"Heute abend baden wir gemeinsam die Kleinen. Du kannst bei mir zuschauen", schlug ihr die jüngere der beiden Frauen vor.

Nachdem das Kind versorgt war, wurde es wieder abgeholt. Das andere Baby durfte im Zimmer bleiben.

"Warum kann es nicht hier bleiben?" fragte Stefanie die Krankenschwester weinerlich. Jetzt hatte sie ein Kind und durfte es trotzdem nicht bei sich haben.

"Es muss ins Wärmebettchen. Babys unter zweitausendfünfhundert Gramm müssen immer ins Wärmebettchen, außer in der kurzen Zeit, in der sie gefüttert und trockengelegt werden. Das Baby darf auch erst nach Hause, wenn es die nötige Grammzahl erreicht hat. Bei Ihrer Kleinen wird es bestimmt drei Wochen dauern", erklärte die Schwester freundlich.

Stefanie hatte ein schlechtes Gewissen. Hätte sie auf Marco gehört und nicht so viel geraucht, vielleicht wäre das Baby dann größer und schwerer gewesen.

Gegen neun Uhr klopfte es an der Zimmertür. Ihr Vater kam.

"Hallo Stefanie. Wie geht es dir?" fragte er. Er setzte sich neben ihr Bett.

"Gut. Warum bist du so früh hier?"

"Ich will das Kind anmelden. Einer muss es ja schließlich machen. Ich brauchte noch eine Bescheinigung von der Station. Die habe ich jetzt", er zog ein Papier aus seiner Brieftasche.

"Aber ich weiß nicht mehr, wie das Kind heißen soll. Irgendwas mit S. Was hast du heute nacht gesagt? Sieglinde?"

"Papa!" Stefanie saß aufrecht im Bett. "Sieglinde? Gut, dass du noch mal nachfragst. Wie kommst du denn auf Sieglinde?"

"Was hast du gegen Sieglinde?" Er grinste. Stefanie war auf seinen Scherz reingefallen.

"Sarah. Nur Sarah", sagte sie.

"Gut. Übrigens, heute nachmittag kommt Mama mit Melissa und Kevin."

"Papa?"

"Ja?"

"Weiß Marco Bescheid?"

"Nein. Ich habe zwar angerufen, aber nur seine Mutter war da. Ich habe ihr gesagt, er soll zurückrufen. Sobald er anruft, wird Mama es ihm sagen."

"Papa, kannst du mir einen Gefallen tun?" fragte Stefanie. Stefanie bat ihren Vater, Jenny telefonisch zu verständigen, dass sie im Krankenhaus war.

Am frühen Nachmittag kam Jenny. Stefanie freute sich. Endlich konnte sie ihr Baby zeigen.

Sie ging mit Jenny zum Säuglingszimmer. Leider durfte Jenny es nur durch eine Glasscheibe betrachten.

"Es hat aber ganz schön viel von Marco. Findest du nicht?" sagte Jenny, als sie wieder im Aufzug waren.

"Der Arzt hat gesagt, die Haut wird noch heller. Und die Augenfarbe kann sich auch noch ändern."

Jenny musterte Stefanie genau. Schlank war sie gerade nicht. Sie sagte das auch.

"Danke Jenny. Das baut mich auf."

Stefanie fand das nicht lustig. "Warte ab, in sechs Wochen sehe ich wieder so aus wie früher. Du wirst schon sehen."

"War es schlimm?"

"Wenn ich ganz ehrlich bin, dachte ich zuerst, ich muß kacken", antwortete Steffi.

„Du musstest was?"

„Jenny, stell dich nicht so an. A A. Verstehst du das?"

„Wirklich?"

„Ja. Aber dann hab ich natürlich sofort bemerkt, dass es die Wehen sind", log Steffi. „Eigentlich habe ich es mir schlimmer vorgestellt. Als es rauskam, war der Schmerz ziemlich groß. Aber als ich es im Arm hatte, war der Schmerz vergessen. Zahnschmerzen sind schlimmer."

"Hat es lange gedauert?" Jenny wollte alles genau wissen. Wozu hatte man schließlich eine beste Freundin?

"Meine Eltern fanden, es ging sehr schnell. Sie dachten, sie könnten bei der Geburt dabeisein. Aber als sie hier ankamen, war Sarah schon da."

"Tut dir jetzt noch was weh? Ich meine, beim Pinkeln oder so?"

"Es brennt. Weil ich genäht worden bin. Aber weißt du, was viel schlimmer ist? Ich bekomme Spritzen, damit sich keine Milch bildet. Ich will nämlich nicht stillen. Ich meine, weil ich doch rauche. Sie ist ziemlich klein. Sie wiegt zweitausendzweihundert Gramm und ist achtundvierzig Zentimeter groß. Kopfumfang dreiunddreißig", informierte sie Jenny.

„Dreiunddreißig? Das ist aber viel."

„Das ist aber wenig", antwortete Steffi.

Sie unterhielten sich noch einige Zeit über die Geburt, da fiel Jenny plötzlich was ein "Weiß Marco es eigentlich schon?"

"Er wird wohl gleich kommen. Hoffe ich."

"Na, dann hau ich lieber wieder ab. Ich komme morgen wieder. Tschüs."

Nachdem Jenny wieder weg war, wollte Stefanie das Raucherzimmer suchen. Seit gestern abend hatte sie nicht mehr geraucht. Das war immerhin eine Leistung.

Sie zog ihren Morgenmantel über, da klopfte es an der Tür. Herein kam ein riesiger Blumenstrauß. Dahinter verbarg sich Marco. Stefanie freute sich, wollte es aber natürlich nicht zeigen. Verlegen schaute sie zum Boden. Er kam zu ihr, legte den Blumenstrauß aufs Bett und gab ihr einen Kuss. Dass er einen Wutanfall bekommen hatte, weil er erst jetzt erfuhr, dass er Vater geworden war, verschwieg er.

"Ein Mädchen, na gut, auch nicht schlimm. Hast du die Geburt gut überstanden?" fragte er.

Es war ihr peinlich, vor den beiden Frauen, die mit auf dem Zimmer waren, sich mit ihm zu unterhalten.

"Komm, ich zeig dir unser Baby", sagte sie.

Sie gingen ins Säuglingszimmer. Marco musste das Baby nicht durch eine Glasscheibe bewundern. Da er der Vater war, durfte er natürlich mit rein in die Säuglingsstation. Er nahm das Baby zärtlich in den Arm.

"Es ist sehr hübsch. Ich bin stolz auf ein so schönes Baby. Sie wird bestimmt einmal so schön wie du."

Stefanie stand neben ihm und schaute ihm zu, wie er mit dem Baby schmuste. Nach einer Weile sagte Stefanie: „Sie muss wieder in das Wärmebettchen. Weil sie so klein ist. Sie braucht die Wärme. Komm, wir gehen ins Raucherzimmer. Ich muss jetzt dringend eine rauchen."

Er legte sanft das Kind wieder in sein Bettchen. Stefanie gefiel es, wie er mit dem Baby umging. Sie würde so hübsch wie ihre Mutter, hatte er gesagt. Er wollte sich doch bestimmt nur einschmeicheln. Noch hatten sie nicht über den Namen gesprochen.

"Ich habe das Baby Sarah genannt. Gefällt es dir?"
Sie schaute zu ihm hoch.

"Als zweiten Namen natürlich", sagte er, ohne sie anzusehen.

Stefanie blieb stehen. "Marco, nicht als zweiten Namen. Sie heißt Sarah. Und zwar nur Sarah. Mein Vater hat sie heute morgen schon angemeldet."

Hoffentlich machte er ihr hier keine Szene.

Er öffnete die Tür des Raucherzimmers. Niemand war da. Sie setzten sich an einen Tisch. Er gab ihr Zigarette und Feuer. Sie inhalierte den Rauch gierig.

„Steffi, wir waren uns doch über den Namen einig, oder nicht?" fing er wieder an.

"Willst du Kaffee? Da hinten steht ein Automat." Sie hatte absolut keine Lust, sich wegen dem Namen zu streiten.

"Ich will keinen Kaffee. Ich will mit dir über mein Kind reden. Ich möchte, dass der Name geändert wird. Das ist bestimmt noch möglich. Das kann ich meiner Mutter nicht antun. Sarah! Davon haben wir keine in der Familie. Wenn wenigstens meine Großmutter diesen Namen gehabt hätte, dann wäre ich vielleicht einverstanden gewesen. Aber so nicht", sagte er bestimmt. Ein bisschen fingen seine Augen an, wütend zu funkeln.

Gerade noch, als er das Baby gehalten hatte, da hatte sie gedacht, dass es vielleicht doch noch einmal mit ihm klappen würde. Und jetzt? Sie hatte schließlich auch über den Namen zu entscheiden.

"Marco, ich hatte dir gesagt, dass es aus ist zwischen uns. Und ich glaube, so sollte es auch sein. Und übrigens: Es bleibt bei Sarah. Wenn dir der Name nicht passt, kann ich nichts dafür. Claudia hätte dir bestimmt besser gefallen." Stefanie drückte wütend ihre Zigarette aus.

„Warum bist du überhaupt gekommen?" fragte sie ihn.

Er legte seine Hand auf ihre. "Schatz, ich liebe dich doch. Lass uns nicht streiten. Ich bin eigentlich gekommen, um mich mit dir zu versöhnen. Mit Claudia ist es aus. Das habe ich dir doch schon am Telefon gesagt. Bitte, gib mir noch eine Chance. Unserer Tochter zuliebe", sagte er leise, nahm ihre Hand und drückte eine Kuss darauf.

Würde er sich ändern, jetzt wo das Baby da war? Hatte er nicht das Recht auf eine zweite Chance? Er war schließlich der Vater des Kindes. Dieses Kind hatte sie doch nur bekommen, um mit ihm zusammenbleiben zu können. Ihre Gedanken überschlugen sich. Aber hatte er nicht schon eine zweite und sogar eine dritte Chance gehabt?

"Du meinst also", sagte sie und zog ihre Hand weg, "ich soll so tun, als hätte es nie eine Claudia gegeben?"

"Halt sie mir doch bitte nicht dauernd vor. Vergiss sie. Ich vergesse sie auch. Bitte." Er sah richtig niedergeschlagen und traurig aus. Vielleicht liebte er sie ja doch noch.

"Ich weiß nicht, ob ich dir wieder so vertrauen kann, wie vorher", sagte sie. Sie zündete sich wieder eine Zigarette an. Wenn sie bloß wüsste, wie sie sich verhalten sollte.

Er bemerkte ihr Zögern. "So schlecht ist Sarah auch nicht", meinte er jetzt. Er lächelte sie an.

Stefanie fühlte sich gut. Diesmal war es umgekehrt. Er bettelte.

Stefanie kämpfte mit sich. Nein, sie würde nicht nachgeben. Sie glaubte fest daran, dass das Baby ihr die Kraft gab, jetzt nicht nachzugeben. Wenn sie ehrlich zu sich selbst war, musste sie zugeben, dass es keinen Sinn hatte. Sie würden sich immer wieder streiten.

„Nein. Ich will nicht mehr. Es ist aus", sagte sie bestimmt.

„Sag bloß später nicht, ich hätte nicht alles versucht", sagte er wütend. Er sah ein, dass es keinen Zweck mehr hatte, mit ihr zu reden. Sie würde wohl ihre Meinung nicht ändern. Zumindest nicht jetzt.

Er stand auf und ging. Kein Kuss. Nur Schluss.

Stefanie fühlte sich seltsamerweise nicht so wie sonst, wenn sie Krach mit ihm hatte. Sie fühlte sich irgendwie befreit. Später, am frühen Abend, kam ihre Mutter mit ihren Geschwistern zu Besuch. Stefanie sagte nichts über Marcos Besuch. Ihre Mutter fragte auch nicht.

Sie dachte, wenn Stefanie von alleine nichts sagen wollte, würde sie schon ihren Grund haben. Und vor den Geschwistern wollte sie nicht fragen.

Kevin und ihre Mutter bewunderten das Baby. Da jetzt die Zeit für das Fläschchen war, war es auf dem Zimmer und nicht auf der Säuglingsstation im Wärmebett. Kevin fragte sogar, ob er es einmal halten dürfe. Stolz hielt er ungeschickt das Baby auf dem Arm.

Melissa allerdings bewunderte das Baby von Stefanies Bettnachbarin.

"Das ist viel süßer", sagte Melissa. Schließlich konnte und durfte Melissa nicht zugeben, dass auch Stefanies Baby niedlich war. Wie stand sie denn da? Sie war die Kleinste und wollte die Kleinste bleiben. Da hatte man schließlich bei den Eltern viele Vergünstigungen. Man durfte sich Dinge erlauben, die die größeren Geschwister nicht durften. Und jetzt dieses Baby. Das hatte Melissa noch gefehlt. Sie hatte Angst um ihre Position als Nesthäkchen.

Stefanie überhörte die Worte ihrer Schwester. Was sollte sie auch dazu sagen? Ihre Mutter nahm Kevin das Baby ab und schaukelte es. "Komm zur Oma", sagte sie und lächelte.

Plötzlich sagte Kevin: „Du Stefanie, stell dir mal vor, Papa hat geheult."

"Papa?" Was sagte ihr Bruder da?

"Ja. Das war so: Heute nacht bin ich wachgeworden, als sie dich gerade runtergetragen haben. Und da konnte ich nicht mehr schlafen. Weil ich nicht mehr schlafen konnte, dachte ich mir, ich geh in die Küche und esse etwas. Als ich da so am Kühlschrank stand, telefonierte Mama mit dem Krankenhaus. Die haben wohl gesagt, dass das Baby schon da ist."

"Ja und?" Was wollte er ihr sagen? Warum erzählte er einen Roman anstatt sofort auf den Punkt zu kommen?

"Weiter", forderte sie ihn auf.

"Mama hat dann gesagt: Stefanie hat ein Mädchen bekommen. Es ist gesund und Stefanie geht es auch gut. Und stell dir vor, da kullerten ihm ein, zwei Tränen runter. Es können auch vier, fünf gewesen sein. Ich dachte, ich sehe nicht richtig. Dann sind sie losgefahren."

Stefanie sah zu ihrer Mutter. Sie nickte mit dem Kopf und bestätigte somit die Aussage ihres Bruders.

Also hatte sich ihr Vater doch gefreut. Stefanie war immer der Meinung gewesen, ihr Vater freue sich nicht auf das Kind. Stefanie wusste nicht, was sie jetzt davon denken sollte.

Ihre Mutter blieb fast eine Stunde. Melissa wurde immer ungeduldiger. "Mama, lass uns wieder fahren. Wir haben es doch jetzt gesehen. Komm." So ging das die ganze Zeit. Doch ihre Mutter wollte das Baby unbedingt noch trockenlegen.

„Steffi, ich kann mir irgendwie immer noch nicht vorstellen, dass du jetzt Mutter dieses Kindes bist." Sie legte das Baby in das kleine Bettchen, das neben Stefanies Bett stand.

"Wir gehen jetzt wieder. Sag mal, Stefanie, war Marco schon hier?" wollte ihre Mutter jetzt doch wissen.

"Ja, kurz bevor ihr gekommen seid, ist er gegangen. Ihm gefiel der Name nicht besonders. Er wollte, dass ich ihn wieder ändern lasse."

"Das geht nicht. Papa hat das Kind schon angemeldet. Übrigens hat Marco ganz schön getobt. Er kam und wollte zu dir. Angeblich hat seine Mutter ihm nichts von unserem Anruf heute morgen gesagt. Und als er hörte, dass er Vater geworden ist, ist er ausgerastet. Er hat die Tür zugeschmissen, als er ging. Papa ist sauer."

Kevin stand neben dem Kinderbettchen. Er schaute auf das Baby und meinte dann: „Mensch Stefanie, schieß ihn zum Mond. Das Baby braucht ihn nicht. Es hat doch einen großen Onkel."

Er versuchte, sich durch Recken ein Stück größer zu machen. "Wenn es mal größer ist, habe ich endlich jemanden in der Familie, über den ich bestimmen kann. Ich kann ihr was verbieten, wenn sie Dummheiten macht oder so ..." Bei Melissa hatte er nichts zu sagen, aber bei dem Baby würde er von Anfang an darauf achten, dass es auf ihn hörte.

"Mach du mal lieber keine Dummheiten", sagte seine Mutter. Sie zog ihn am Ärmel. "Kommt, wir gehen, Stefanie und das Baby brauchen Ruhe."

Nachdem ihr Besuch weg war, wurde auch das Baby wieder abgeholt. Stefanie lag auf dem Bett und dachte nach. Noch vor ein paar Monaten hatte sie sich ihre Zukunft anders vorgestellt. Sie hätte im Traum nicht daran gedacht, dass sie mit Marco einmal solchen Ärger hätte. Eigentlich war nichts so, wie sie es sich gewünscht hatte.

Als ihr das klar wurde, fing sie an zu heulen.

Heike, ihre Bettnachbarin sah das und sagte: „Steffi, wenn du dich jetzt nicht gut fühlst, so liegt das daran, dass du die Geburt und das Bewusstsein, jetzt Mutter zu sein, erst mal verarbeiten musst. Mir ging es nicht anders. Ich habe auch meine Heulstunde gehabt."

Eigentlich fand Stefanie es ja nicht schlecht, dass Heike sich um sie kümmerte. Aber nicht jetzt.

Heike hatte gut reden. Hatte sie jetzt ein „Bewusstsein", daß sie nun Mutter war? Quatsch. Sie fühlte sich nicht als Mutter, auch wenn das Kind aus ihr rausgekommen war. Vielleicht kommt das noch, dachte sie. Sie heulte wegen Marco und nicht wegen einer Bewusstseinsfindung. Aber Stefanie verspürte keine Lust, mit Heike darüber zu reden. Sollte sie doch denken, was sie wollte.

Stefanie drehte sich um. Sie lag jetzt mit dem Rücken zu Heike. So sah sie wenigstens nicht, wenn sie heulte.

Für Stefanie war die Woche, die sie im Krankenhaus verbrachte, schnell um. Sie bekam täglich Besuch. Marco ließ sich nicht mehr sehen.

Jenny kam auch fast täglich. Einmal brachte sie eine Karte mit, auf der alle Schüler der Klasse unterschrieben hatten. Die Klasse hatte Geld gesammelt und Jenny brachte einen kleinen Mini- Strampler für das Baby mit. Darüber freute Stefanie sich besonders. Sogar ein paar Lehrer hatten unterschrieben.

Der Tag ihrer Entlassung kam. Stefanie war traurig, dass sie ihr Baby nicht mitnehmen durfte. Aber es hatte noch nicht genügend zugenommen. Sie musste noch mindestens zwei Wochen warten. Täglich fuhr sie Sarah besuchen. Manchmal fuhr Kevin mit ins Krankenhaus. Es machte ihm Spaß, dabei zuzusehen, wenn seine Schwester das kleine Baby fütterte und wickelte. Manchmal half er ihr sogar dabei. Aber er bestand darauf, dass Stefanie ihm versprach, es bloß nie zu erwähnen, dass er das Baby wickelte, wenn seine Freunde zu Hause waren. Das brauchte schließlich niemand wissen, dass er hier Weiberkram verrichtete.

Endlich kam der Tag, an dem sie ihr Baby nach Hause holen konnte. Sie holte es mit ihrer Mutter ab.

Zu Hause hatte sie alles in ihrem Zimmer hergerichtet. Das kleine Kinderbettchen war aufgestellt, sie hatte Babyflaschen, Windeln und alles was zur Babypflege gehörte, besorgt.

Das Baby schlief tief und fest. Es war satt und müde und wusste schließlich nicht, dass es heute seinen ersten Tag zu Hause verbrachte.

Es war jetzt drei Wochen alt, sah aber immer noch wie ein Neugeborenes aus, weil es so klein war.

Wieder fragte sich Stefanie, ob es wohl größer wäre, wenn sie nicht während der Schwangerschaft geraucht hätte. Im übrigen musste sie vor ihren Eltern immer noch heimlich rauchen. Noch war sie keine sechzehn Jahre alt. Ob ihre Eltern wohl ahnten, dass sie rauchte?

Stefanie hatte in den drei Wochen fünf Kilo abgenommen. Sie machte jeden Tag Gymnastik. Schließlich wollte sie wieder so aussehen wie vor der Schwangerschaft. Fast hatte sie ihr altes Gewicht wieder. Noch vier Kilo. Es fiel ihr nicht schwer, diese überflüssigen Pfunde abzunehmen.

Das Baby schlief viel. Wenn es wach war, hatte es Hunger. Hatte es dann die Flasche leergetrunken, war es schon wieder müde.

Abends badete Stefanie das Baby. Melissa hatte sich noch nicht daran gewöhnt, dass das Baby nun im Haus war. Zumindest beachtete sie das Baby kaum. Im Gegensatz zu Kevin. Er war sichtlich stolz, jetzt Onkel zu sein.

Auch Stefanies Eltern gewöhnten sich langsam an den kleinen Neuankömmling, wenn es ihnen auch schwerfiel, sich mit der Oma- und Opa-Rolle abzufinden.

Stefanie war gerade mit dem Füttern des Babys beschäftigt, als sie das Telefon klingeln hörte.

„Steffi, für dich", rief ihre Mutter.

Stefanie kam mit dem Baby die Treppe herunter.

"Hier, halt mal bitte", sie gab ihrer Mutter das Baby und die noch halbvolle Flasche.

"Ja?" fragte sie in den Hörer.

„Steffi?"

Jenny. Was wollte sie denn um diese Zeit von ihr? Es war ein bisschen spät für ein Plauderstündchen.

"Was ist? Findest du nicht, dass es schon spät ist?" Stefanie war sauer. Nicht auf Jenny, weil sie so spät noch anrief. Sie war sauer auf sich selbst, weil sie gehofft hatte, es wäre Marco.

"Ich komme gerade vom Kino. Da kann ich nicht früher anrufen. Ich war mit Daniela und Sabrina dort."

Ach, und sie wurde nicht gefragt, ob sie mitwollte? Obwohl: Sie hatte ja ein Baby und konnte nicht weg, wann sie wollte. Aber Jenny hätte sie immerhin fragen können.

"Und?" Was war so besonders daran, dass ihre Freundin im Kino gewesen war? Wollte Jenny sie ärgern? Nein, das würde Jenny nicht tun.

"Komm Jenny, sag schon. Was war?"

"Es tut mir leid, dass ich so spät noch anrufe. Aber ich dachte, ich muss es tun." Jenny hatte wirklich Spaß daran, gleich alles so dramatisch zu machen. Sie musste es tun. Wie sich das schon anhörte.

"Was meinst du wohl, wer eine Reihe vor uns gesessen hat?"

"Der Bruckmann?" Stefanie war es eigentlich egal, wer eine Reihe vor Jenny gesessen hatte.

"Der Bruckmann? Meinst du, dann würde ich jetzt noch anrufen? Also wirklich, Stefanie. Nein, es war ... Na ja, ..."

"Jenny, hör jetzt auf damit. Sag schon, wer es war"

"Marco. Mit einer Frau. Bestimmt diese Claudia. Die beiden haben vom Film nichts mitbekommen. Sie haben nur rumgeknutscht."

Das war erst mal ein Schock. Stefanie wusste nicht, was sie jetzt sagen sollte. Marco hatte sich also doch wieder mit ihr getroffen. Eigentlich hätte sie es sich denken können. Schließlich hatte sie ihm zu verstehen gegeben, und zwar deutlich, dass sie nichts mehr mit ihm zu tun haben wollte. Also, warum sollte er sich keine andere Frau suchen?

„Steffi, bist du noch da?"

"Meinst du, ich bin in Ohnmacht gefallen?" Stefanie holte tief Luft. "Irgendwie habe ich es geahnt. Jenny, ich wollte es nur nicht wahrhaben. Danke, dass du es mir gesagt hast. Ich muss jetzt dem Baby die Pampers wechseln. Ich habe keine Zeit. Tschüs, bis morgen. Ich ruf dich an."

Sie legte auf. Sie hatte keine Lust, sich jetzt von Jenny womöglich anzuhören, dass sie es schon längst gewusst hatte und ihr schon immer geraten hatte, dass Marco nicht der Richtige für sie war.

Stefanie ging in die Küche. Ihre Mutter saß auf dem Stuhl und gab dem Baby die Flasche.

"Immer noch nicht ausgetrunken?" sagte Stefanie.

"Was wollte denn Jenny um diese Zeit von dir?"

Sie hob das Baby hoch.

"Gib sie mir. Ich bringe sie hoch. Jenny wollte nichts besonderes. Sie war im Kino. Sonst nichts."

Stefanie nahm ihr Kind. Sie drückte es fest an sich. Deinen Papa, den kannst du vergessen, sagte sie in Gedanken zum Baby.

„Steffi, warte."

Stefanie drehte sich um und schaute ihre Mutter an.

"Ja?"

"Warum hast du kein Vertrauen zu mir? Wenn dich etwas bedrückt, dann sag es doch. Was hatte es mit dem Anruf auf sich?"

"Nichts, Mama, wirklich."

„Steffi, ich sehe es dir doch an. Da stimmt was nicht."

"Mama, bitte, ich will nicht darüber reden. Vielleicht ein andermal. Ich muss Sarah jetzt ins Bett bringen."

Sie ging aus der Küche, ohne ihre Mutter noch einmal anzusehen. Sie wollte einfach nicht darüber reden.

Sie legte das Baby ins Kinderbettchen und beobachtete die Kleine ein Weile. Warum, fragte sie sich wohl zum tausendsten Mal, warum hatte sie das Kind bekommen? Damit sie mit Marco zusammenbleiben konnte. Und jetzt? War alles umsonst?

Jetzt war der kleine Wurm da und wollte versorgt werden. Und geliebt. Versorgen tat sie ihr Baby. Da konnte niemand etwas sagen. Pünktlich gab sie dem Kind die Flasche. Sie pflegte das Baby. Aber liebte sie das Kind? Sie wusste es nicht. Ja, es war ein süßes Baby. Und lieb. Schlief fast nur. Aber irgendwie vermisste Stefanie bei sich selbst Muttergefühle. Warum hatte sie die nicht? Kam das noch? Oder war sie eine Rabenmutter? Nein, sie versorgte das Kind ja. Es war immer satt und sauber angezogen. Und trotzdem, sie hatte ein schlechtes Gewissen dem Kind gegenüber. Sie legte sich auch ins Bett. Würde ihr das Baby später einmal Vorwürfe machen, weil sie ihm den Vater genommen hatte? Aber konnte sie sich alles von ihm gefallen lassen, nur damit das Kind einen Vater hatte? Nein!

Stefanie schlief sehr unruhig. Am nächsten Morgen wurde sie durch Babygeschrei geweckt. Und nicht nur sie. Melissa kam ins Zimmer geschlurft, als Stefanie gerade das Baby aus dem Kinderbett rausnahm.

„Steffi, lass das blöde Baby nicht so schreien. Gib ihm endlich was zu essen, damit es ruhig ist. Ich will schlafen", sagte Melissa motzig.

"Lass mich in Ruhe und hau ab", sagte Steffi wütend zu ihrer Schwester.

Sie kümmerte sich um das Baby. Sie gab ihm die Flasche und machte es trocken. Es könnte ja wirklich etwas länger schlafen. Schließlich war heute Samstag. Nachdem das Baby zufrieden war, schlief es schnell wieder ein.

Aber Stefanie konnte nicht mehr schlafen. Sie war jetzt hellwach. Bevor sie wieder anfangen würde, zu denken und zu grübeln, wollte sie lieber etwas tun. Das ganze Denken und Überlegen brachte doch nichts. Also zog sie sich an und ging runter in die Küche.

Alle schliefen noch. Was sollte sie jetzt tun? Sie setzte sich an den Tisch und wartete. Einfach so. Sie wartete darauf, dass die Minuten bis zum nächsten Babyfüttern schneller vergingen. Stefanies Tagesablauf bestand mittlerweile nur noch aus warten. Sie wusste aber nicht genau, worauf sie wartete.

Manchmal kam ihr der Gedanke, dass sie eigentlich jetzt lieber in der Schule wäre. Ja, eigentlich würde sie lieber zur Schule gehen, anstatt ein Kind zu haben.

Abends, sie war mit Sarah beschäftigt, kam Kevin in ihr Zimmer. Müde sah er Stefanie an.

„Steffi, muss das Baby immer so schreien? Ich will schlafen!"

"Kannst du Sarah mal halten? Ich will nur schnell ihr Badewasser fertigmachen." Ohne eine Antwort abzuwarten, drückte sie ihm das Kind in die Arme und ging ins Badezimmer.

Sie kam mit der vollen Babywanne zurück, als Kevin gerade zu Sarah sagte: „Berlin, Hamburg, Düsseldorf, München."

Die Kleine hörte gespannt zu.

"Spielst du mit ihr Stadt, Land, Fluss, oder was?" Stefanie war belustigt, was Kevin wiederum ärgerte.

"Sie versteht ja doch nicht, was ich sage. Also ist es auch egal, was ich sage, oder nicht?"

"Ja, eigentlich hast du Recht. Vielleicht sollte ich demnächst auch alle möglichen Länder und Städte aufsagen. Vielleicht heult sie dann nicht so viel."

Stefanie badete Sarah, wobei Kevin ihr half. Er hielt Sarah fest, während Stefanie ihr behutsam den Kopf abwusch.

Nachdem das Baby wieder angezogen war, legte Stefanie eine Decke auf den Boden und legte das Kind darauf.

"Komm, weil du geholfen hast, rauchen wir jetzt zusammen eine." Sie hielt Kevin eine Zigarette hin. Erst zögerte er einen Augenblick, dann jedoch griff er danach.

"Kevin, was ich dir schon lange mal sagen wollte: Bitte klau mir nicht immer meine Zigaretten. Ich habe auch kein Geld und muss sehen, wie ich an die Zigaretten komme."

„O.k.", sagte er und rauchte genüsslich.

Vielleicht, so dachte er, war seine Schwester ja doch nicht so unübel.

Ein paar Tage später passierte etwas, was Stefanie nicht so schnell vergessen konnte.

Beim Mittagessen hörte sie, dass ihr Baby schrie. Sie stand auf, um in ihr Zimmer zu gehen und Sarah zu holen.

Ihre Mutter und ihre Geschwister saßen am Tisch. Sie kam mit der Kleinen runter. "Mama, kannst du sie bitte mal halten, ich mache schnell die Flasche fertig."

Stefanie beeilte sich, die Flasche trinkfertig zu machen.

Doch das Baby schien großen Hunger zu haben, denn es schrie aus vollem Hals.

"Muss ich mir das jetzt jeden Tag anhören? Kann man ja nicht aushalten", Melissa war sauer. Sie schmiss ihre Gabel hin und ging aus der Küche.

"Ich kann nicht schneller, schließlich kann ich ihr das Zeug ja nicht kochend geben", rief Stefanie ihr nach, während sie die Flasche unter fließendem Wasser abkühlte.

"Ach, Melissa kriegt sich schon wieder ein", sagte ihre Mutter. Sie schaukelte das Baby hin und her, um es zu beruhigen.

Später ging Stefanie mit dem Kind in ihr Zimmer. Sie öffnete die Tür und blieb erschreckt stehen. War hier eine Bombe explodiert? Eine Packung Pampers war auf dem Boden zerstreut. Darüber war das Babypuder ausgeschüttet worden. Die Bettdecke des Babys war zerschnitten. Die Gitterstäbe des Kinderbettes waren mit Creme verschmiert. Alle Babysachen, die in ihrem Kleiderschrank gelegen hatten, waren auf dem Boden zertreut, mit Puder und Babycreme verschmiert. Das durfte doch nicht wahr sein! Melissa! Warum hatte sie das getan?

Stefanie schrie: „M a m a!"

Ihre Mutter, die wohl dachte, dem Kind sei etwas passiert, kam die Treppe raufgerannt.

"Schau dir das an", sagte Steffi zu ihrer Mutter und zeigte auf das Chaos.

"Was soll das? Wer war das?"

"Mama, ich bitte dich. Wer war das schon? Meine geliebte kleine Schwester. Wie hat sie das bloß in den paar Minuten hingekriegt? Ich frage mich auch, welchen Sinn hat das? Das ist ja fast ein Anschlag. Und zwar nicht auf mich, sondern ein Anschlag auf Sarah."

„Steffi, bitte, reg dich nicht auf. Ich werde mit ihr reden."

"Reden? Sie müsste dafür eine Tracht Prügel bekommen. Mama, reden bringt nichts."

"Lass das mal meine Sorge sein. Bitte kümmer du dich nicht darum. Ich mache das schon."

Ihre Mutter ging in das Kinderzimmer ihrer Schwester.

Stefanie legte Sarah ins Bett und fing an, wieder Ordnung zu schaffen.

Warum hatte sie nur Ärger? Probleme mit Marco, Ärger mit ihrer Schwester, Ärger mit dem Kind, das ihr auf die Nerven ging. Wie sollte sie das aushalten? Was hatte Melissa gegen das Baby?

Nachdem sie den größten Schaden behoben hatte, zog sie das Baby warm an und legte es in den Kinderwagen. Sie musste raus. Sie schob den Kinderwagen in Richtung Park. Trotz eisiger Kälte war sie hier nicht alleine. Eine Frau mit Kinderwagen saß auf einer Bank. Stefanie kam die Frau irgendwie bekannt vor. Als sie näher kam, erkannte sie, dass es ihre Bettnachbarin aus dem Krankenhaus war.

"Hallo Heike, was machst du denn hier?"

„Steffi, dass ich dich hier treffe. Welch ein Zufall. Wohnst du hier in der Nähe?"

Stefanie setzte sich zu ihr und unterhielt sich eine Weile mit ihr. Sie erfuhr, dass die andere Frau, die auch auf ihrem Zimmer gelegen hatte, einen Tag nach Stefanies Entlassung ihr Kind bekommen hatte. Per Kaiserschnitt. Das Kind war geistig behindert. Stefanie bekam eine Gänsehaut. Sie schaute auf Sarah und war froh, dass sie kerngesund war. Es tat ihr leid für die Frau. Sie hatte sich so auf das Kind gefreut.

Auf dem Nachhauseweg dachte Stefanie daran, dass Heike ja vielleicht ihre Freundin werden konnte. Eine Freundin mit Kind war bestimmt besser als eine ohne Kind. Denn mittlerweile hatte sie zu spüren bekommen, dass Jenny kein Interesse daran hatte, sich mit ihr zu treffen, wenn das Baby dabei war. Aber Heike war immerhin sieben Jahre älter als sie. Das konnte eigentlich auch nicht gut gehen. Und schließlich hatte Heike noch ein zweites Kind.

Zu Hause erwartete Stefanie eine weitere Überraschung.

Marco war da. "Was willst du?" fragte sie barsch.

"Meine Tochter sehen. Das kannst du mir nicht verbieten."

"Und ob ich das kann."

Das war deutlich. Stefanie hatte das gesagt, obwohl ihre Mutter mit in der Küche war. Das war Marco peinlich, sie wusste es, aber es war ihr egal.

„Steffi, lass uns auf dein Zimmer gehen. Bitte" Er sah sie flehend an.

"Nein, du hast sie jetzt gesehen. Tschüs."

So schnell ließ er sich nicht abwimmeln. "Ich will sie auf den Arm nehmen."

"Ach, auf den Arm nehmen? Lässt wochenlang nichts von dir hören und jetzt glaubst du, du kannst sie auf den Arm nehmen."

Er schaute verlegen ihre Mutter an.

„Steffi, ich geh ins Wohnzimmer. Wenn du mich brauchst, ruf bitte", sagte ihre Mutter und ließ die beiden alleine. Sie wollte nicht Zeuge dieser Auseinandersetzung sein.

Kaum waren sie alleine, wollte Marco Stefanie umarmen.

"Lass das. Es ist aus. Kapierst du das nicht? Geh zu Claudia. Oder habt ihr etwa Krach?"

Sie sah in seine Augen. Nein, sie liebte ihn nicht mehr. Das wurde ihr jetzt klar.

"Sarah ist auch meine Tochter. Ich habe ein Recht, sie zu sehen. Und was ich mit Claudia habe, geht dich nichts an."

"Geht mich nichts an? Natürlich geht mich das was an. Meinst du, ich sage später meiner Tochter: Das ist dein Papa. Aber er kommt nur, um dich mal kurz zu sehen. Ansonsten ist er bei einer anderen. Ich werde mich beim Jugendamt erkundigen, ob du sie sehen darfst. Wenn man mir sagt, dass ich selbst bestimmen kann, ob du sie sehen kannst, dann darfst du sie nicht sehen. Und jetzt geh bitte."

Sie wartete keine Reaktion von ihm ab, sondern ließ ihn einfach in der Küche stehen.

Von der Diele aus rief sie: „Mama, begleitest du Marco bitte zur Tür. Er will gehen."

Schnell lief sie mit Sarah hoch in ihr Zimmer. Sie drückte das Baby fest an sich. "Kleine Maus, deinen Papa wirst du wohl nicht mehr sehen. Hoffentlich bist du mir später nicht böse deswegen. Aber ich kann nicht anders."

Sie legte das Kind ins Bett. Stefanie war stolz auf sich. Hundert mal hatte sie in Gedanken diese Szene durchdacht. Und tatsächlich war er noch einmal gekommen. Sie wusste genau, wie er sich jetzt fühlte. Sie wusste, sie hatte jetzt an seiner Ehre gekratzt.

Doch er hatte es nicht anders verdient, versuchte sie sich einzureden. Warum hatte er sie auch belogen und betrogen? Und dann seine seltsamen Geschäfte. Sein neues Auto. Und nie verlor er ein Wort darüber, woher er das Geld hatte.

Aber am schlimmsten war für sie gewesen, dass er sich mit dieser verdammten Claudia weiter getroffen hatte. Dann ließ er sich auch noch von im Kino erwischen. Wie dumm von ihm.

Ein paar Minuten später kam ihre Mutter ins Zimmer.

"Er ist weg."

"Hast du mit Melissa geredet?" versuchte Stefanie von Marco abzulenken.

"Ja, sie bereut es. Du musst versuchen, sie zu verstehen. Bis jetzt war sie immer die Kleinste. Sie muss jetzt damit fertig werden, dass Sarah hier ist. Jetzt ist Sarah die Kleinste. Sie ist eifersüchtig. Stefanie, sie hat versprochen, solch eine Aktion nicht mehr zu veranstalten."

Stefanie hatte nichts anderes erwartet. Sie verstand nicht, warum Melissa keinen handfesten Ärger bekam.

Langsam gewöhnte Stefanie sich an den Gedanken, ohne Marco zu leben. Jetzt war sie froh darüber, dass ihr Vater ihr die Heirat verboten hatte. Stefanies Angst, dass Marco nun keinen Unterhalt für das Baby zahlen würde, bestätigte sich vorerst nicht. Er zahlte weiterhin pünktlich.

Allerdings wusste Stefanie jetzt überhaupt nichts mehr mit ihrer Zeit anzufangen. Jenny war in der Schule und hatte auch kaum nachmittags Zeit für sie. Sie war jetzt öfter mit zwei anderen Mädchen aus ihrer Klasse zusammen. Sie hatten auch kein Kind, auf das sie Rücksicht nehmen mussten. Es tat Stefanie weh, zu sehen, wie sich Jenny immer mehr von ihr abwandte. Sie war geradezu eifersüchtig auf die Mädchen, mit denen Jenny ihre Zeit verbrachte.

Mittlerweile war es so, dass Stefanie, wenn sie das Baby gefüttert hatte, auf die Uhr sah und darauf wartete, ihrer Tochter die nächste Flasche geben zu können. Dann hatte sie wenigstens etwas zu tun. Ihrer Mutter im Haushalt helfen, das füllte sie auch nicht aus.

Eines abends schlug ihr Vater vor, dass sie sich einmal beim Arbeitsamt melden sollte. Am besten bei einem Berufsberater. Schließlich konnte sie jetzt nicht mehr behaupten, dass Marco sie versorgen würde und sie selbst Hausfrau spielen konnte. Stefanie fand die Idee gut.

Warum eigentlich nicht? Vielleicht fand sie ja eine interessante Ausbildungsstelle oder etwas ähnliches.

Die nächsten Tagen schleppten sich dahin. Endlich war es soweit. Sie fuhr mit dem Bus zum Arbeitsamt. Jetzt ärgerte es sie natürlich, dass sie die Schule einfach abgebrochen hatte. Sie hatte zwar ein Abschlusszeugnis bekommen, in dem aber stand, dass sie im letzten Halbjahr nicht am Unterricht teilgenommen hatte.

Der zuständige Berufsberater schlug ihr vor, zuerst ein Berufsvorbereitungsjahr zu absolvieren. Nächstes Jahr könnte sie sich um einen Ausbildungsplatz bewerben. Für dieses Jahr sei es zu spät dafür. Er versuchte, ihr das Berufsvorbereitungsjahr schmackhaft zu machen. Als Hauptfächer standen Hauswirtschaft und Nähen sowie die handwerklichen Fächer Schreinern oder Maler und Lackierer zur Auswahl.

Nach dem Vorbereitungsjahr würde er ihr helfen, eine Ausbildungsstelle zu finden.

Stefanie entschied sich für Hauswirtschaft und Nähen, obwohl ihr das nicht besonders zusagte. Aber sie fand es immer noch besser als Malen und Lackieren.

Das Berufsvorbereitungsjahr hatte zwar schon begonnen, aber der Berufsberater erklärte, dass sie trotzdem noch daran teilnehmen konnte.

Immer noch besser, als den ganzen Tag Babywindeln zu wechseln, fand Stefanie, hütete sich aber, dies auszusprechen.

Anfang April, Sarah war jetzt schon vier Monate alt, erfuhr Stefanie von einem Bekannten, dass Marco nicht mehr in Deutschland war. Am selben Abend rief sie bei seiner Mutter an. Sie musste Gewissheit haben. Und tatsächlich sagte seine Mutter ihr, dass Marco seit drei Wochen in Italien sei. Warum, wisse sie selbst nicht. Wörtlich sagte sie: „Er hat wollte unbedingt weg. Es hält ihn hier nichts, hat er gesagt."

Stefanie legte den Hörer auf und dachte nach. Warum war er weg? Würde er nie wiederkommen?

Stefanie ging in die Küche und sagte zu ihrer Mutter: „Mama, er ist weg."

"Wer ist weg?" fragte ihr Vater, der gerade in die Küche gekommen war.

"Marco."

"Wohin?"

"Nach Italien. Er hat dort wohl Arbeit gefunden. Er wollte schon immer dort arbeiten, wo andere Urlaub machen."

"Woher weißt du das?"

"Von einem Bekannten. Ich habe daraufhin gerade seine Mutter angerufen. Sie hat gesagt, Marco sei seit drei Wochen dort, er arbeitet jetzt dort. Warum weiß ich nicht."

"Dann kannst du den Unterhalt für Sarah vergessen", sagte ihr Vater.

"Wie meinst du das?" fragte ihre Mutter.

"Du glaubst doch nicht, dass er von dort aus brav weiterzahlt. Gleich nächste Woche rufe ich beim Jugendamt an. Ich hoffe, dort weiß man, was zu tun ist." Er nahm seine Tasse Kaffee und verschwand wieder im Wohnzimmer.

"Mama, glaubst du, er kommt wieder?"

"Ich weiß nicht, Kind. Und ich weiß nicht, ob es nicht besser wäre, er käme nicht wieder. Du kommst doch auch ohne ihn klar, oder nicht?"

Stefanie antwortete nicht. Sollte sie traurig sein? Oder glücklich? Oder war es ihr egal? Sie wusste es nicht.

Stefanie musste sich natürlich anhören, dass ihr Vater nichts anderes von Marco erwartet habe. Auch dass er plötzlich so viel Geld hatte, das konnte ja nicht mit rechten Dingen zugegangen sein.

Die Tagesabläufe in den nächsten Wochen verliefen alle fast gleich. Morgens um sechs bekam Sarah ihre Flasche. Danach zog Stefanie sie aus, legte sie trocken, zog die Kleine wieder an. Dann frühstückte Stefanie, meistens mit dem Kind auf dem Schoß, denn Sarah wollte schon seit einiger Zeit nach der Flasche nicht mehr schlafen. Nach dem Frühstück gab sie das Baby ihrer Mutter oder legte es in den Laufstall. Ihre Mutter würde Sarah gegen elf Uhr noch mal für ein bis zwei Stunden hinlegen. Danach war Sarah dann meistens wach bis abends. Nur einmal war etwas Abwechslung da. Als Steffi zum Jugendamt ging und sich darüber informierte, ob der Vater ihres Kindes Anspruch darauf hatte, sein Kind zu sehen. Er hatte keinen Anspruch darauf. Das freute Steffi. Wenn er noch einmal versuchen würde, Sarah zu sehen, würde sie es ihm nicht verbieten, so wie sie ihm gedroht hatte. Aber es beruhigte sie, dass sie wusste, sie könnte es ihm verbieten, wenn sie es wollte.

Seit einiger Zeit ging Stefanie wieder zur Schule. Es war zwar keine richtige Schule, sondern so etwas wie eine Berufsschule. Dort wollte sie das Berufsvorbereitungsjahr absolvieren, von dem der Berufsberater gesprochen hatte. Es war für Jugendliche gedacht, die noch keine Ausbildungsstelle hatten. Stefanie hatte sich entschieden, dorthin zu gehen. Besser als nichts, hatte sie sich gedacht.

Jeden morgen nach dem Frühstück übergab sie Sarah ihrer Mutter. Außer am Wochenende. Da war sie ganz allein für das Baby verantwortlich. Ihre Mutter bestand darauf, dass, wenn Stefanie zu Hause war, sie auch auf das Kind aufpassen müsse. Schließlich war sie nur die Oma und hatte sich zwar bereiterklärt, dann, wenn Stefanie zur Schule war oder auch später mal arbeiten würde, auf das Kind aufzupassen, aber ansonsten nicht. Das hatte ihre Mutter ihr klar und deutlich gesagt.

Eigentlich konnte Stefanie das auch verstehen.

Schließlich war Sarah ihr Kind. Also musste sie auch für das Kind sorgen.

Nachmittags gegen drei Uhr war Stefanie wieder zu Hause. Sie aß, wiederum meistens mit Sarah auf dem Schoß. Danach versuchte sie die Zeit totzuschlagen, bis Sarah abends ihre Flasche oder ihren Brei bekam.

Stefanie versuchte, mit dem Kind zu spielen, sich mit ihm zu beschäftigen. Meistens wusste sie nicht genau, wie sie das anstellen sollte. Sie konnte sich nicht mit ihr unterhalten, das Kind sprach ja noch nicht, sie konnte auch nicht mit ihm spielen, dafür war es auch zu klein. Aus diesem Grund ging sie oft noch am späten Nachmittag mit Sarah in den Park. Sie schob den Kinderwagen vor sich her, die Kleine war zufrieden und sah sich die Gegend an.

Einmal hatte Stefanie auch daran gedacht, Jenny anzurufen und zu fragen, ob sie Lust hätte, mit ihr spazieren zu gehen. Doch dann hatte Stefanie den Gedanken wieder verworfen. Bestimmt hatte Jenny dazu keine Lust. Deshalb ließ sie es gleich sein.

Abends, wenn Sarah dann wieder gefüttert war, legte Stefanie sie meistens auf ihr Bett und drehte eine kleine Spieluhr auf. Marco hatte sie zur Geburt mit ins Krankenhaus gebracht. Sarah gefiel die Melodie. Gegen acht Uhr badete Stefanie dann das Baby. Danach legte sie Sarah ins Bett.

Am nächsten Tag wiederholte sich das Ganze, am darauffolgenden Tag wieder und so weiter.

Außer am Wochenende. Da war Stefanie den ganzen Tag zu Hause. Stefanie war jedesmal froh, wenn es endlich abends war und das Baby ins Bett musste.

Sie hatte ein schlechtes Gewissen dem Kind gegenüber, weil sie sich nach den Wochenenden immer sehr auf den Montag freute. Dann konnte sie um acht Uhr morgens gehen und sah ihr Kind erst nachmittags wieder.

Sie hatte sich das Muttersein anders vorgestellt. Nicht so anstrengend. Das Kind brauchte praktisch rund um die Uhr Betreuung.

Heute war wieder so ein Tag, an dem Stefanie nichts mit sich und ihrem Kind anzufangen wusste. Sie sagte ihrer Mutter, dass sie mit Sarah in den Park spazieren ginge.

Im Park setzte Stefanie sich auf eine Bank. Sie wippte den Kinderwagen, weil Sarah angefangen hatte, zu weinen.

Sie wollte lieber geschoben werden als mit dem Wagen vor einer Bank zu stehen.

"Ist ja gut, warte noch ein bisschen, dann gehen wir weiter. Hör bitte auf" redete Stefanie auf das Kind ein.

"Meinst du, wenn du sie bittest, dann hört sie auf mit dem Weinen?" hörte sie eine bekannte Stimme sagen.

Stefanie schaute hoch und sah in das Gesicht von Heike.

"Hallo Heike, hab dich schon lange nicht mehr hier getroffen."

"Ich war auch länger nicht hier. Meistens gehe ich zum Spielplatz. Dort kann ich mit dem Baby in Ruhe sitzen, während Dennis im Sandkasten spielt."

Dennis war ihr zweijähriger.

"Und wo ist Dennis jetzt?"

"Zu Hause. Er wollte nicht mit. Spielt mit seinem Papa." Heike setzte sich neben Stefanie auf die Bank. Ihr Baby schlief im Kinderwagen.

"Hast du ein Glück. Sarah fällt es im Traum nicht ein, im Kinderwagen zu schlafen. Sie schläft überhaupt nicht mehr viel am Tag."

"Dafür ist mein kleiner Ableger nachts oft wach. Das ist auch nicht das Wahre."

Sarah wurde lauter. Stefanie hatte mit dem Wippen aufgehört. Sofort wippte Stefanie den Kinderwagen wieder.

"Und, was machst du so? Wie geht es dir?"

Stefanie konzentrierte sich ganz auf das Wippen des Wagens. "Gut", sagte sie, ohne Heike dabei anzusehen.

"Gut? Hört sich nicht gut an."

"Hmm, so gut auch wieder nicht."

"Was ist los? Hast du Ärger mit dem Vater von Sarah?"

"Nein, das ist es nicht."

"Was ist es denn?"

"Ach, ich weiß nicht. Ich hatte mir alles ganz anders vorgestellt. Ein Kind zu haben, ist nicht so, wie ich dachte."

"Was dachtest du denn?"

"Ja, was dachte ich? Ich weiß es nicht. Ich weiß nur, dass Sarah ganz schön anstrengend ist. Sie schreit in letzter Zeit viel. Die Zähne."

"Da brauchst du mir nichts erzählen. Mit Zähnekriegen habe ich auch schon was mitgemacht."

"Ich habe mal 'ne Frage, Heike."

Heike wartete. Stefanie fummelte nervös an dem Kinderwagen.

"Wie wirst du mit zwei Kindern fertig?"

"Gut. Wirklich. Ich bin froh, dass ich sie habe. Ich liebe sie. Sie sind auch anstrengend. Aber das gehört dazu. Wir haben uns zwei Kinder gewünscht. Und die haben wir jetzt. Wenn beide im Kindergarten sind, gehe ich vielleicht wieder arbeiten. Aber nur halbtags. Da freue ich mich auch schon drauf."

"Also bist du dann froh, dass du sie dann nicht den ganzen Tag um dich hast?"

"So würde ich es nicht sehen."

"Heike, mein Problem ist, dass ich mich irgendwie nicht als Mutter fühle. Wann hattest du das erste Mal das Gefühl, dass du Mutter bist?"

"Blöde Frage. Als ich Dennis zum erstenmal im Arm hatte. Ich verstehe dich nicht."

"Ich auch nicht, dass ist ja mein Problem. Ich habe Angst, dass Sarah spürt, dass ich sie nicht lieb habe."

„Steffi, bestimmt hast du sie lieb."

Stefanie nickte. Ja, bestimmt, sie merkte es nur nicht. Wie konnte sie Heike nur so eine Frage stellen? Heike war mit Leib und Seele Mutter.

Eine Weile unterhielten sie sich noch, dann schaute Stefanie auf ihre Uhr. "Ich muss langsam gehen. Sonst macht sich meine Mutter Sorgen. Bis dann."

"Bis dann. Und mach dir nicht solche Gedanken. Es wird bestimmt besser. Warte ab."

Zwei Tage später spazierte Stefanie wieder mit dem Kinderwagen in den Park. Sie war gegangen, weil Melissa schlechte Laune hatte. Sie hatte ein Riesen-Theater gemacht, weil Sarah ein bisschen geheult hatte. "Ich kann das knatschige Kind nicht mehr hören. Ich muss mich konzentrieren! Wir schreiben morgen eine Mathearbeit. Bitte Stefanie!"

Stefanie hoffe, Heike zu treffen. Der Park war fast menschenleer. Einige Spaziergänger führten ihren Hund aus. Niemand hier mit Kinderwagen.

Stefanie drehte einige Runden, setzte sich jedoch nicht auf eine Bank. Bis jetzt war Sarah ruhig. Stefanie schob den Kinderwagen langsam wieder nach Hause, weil sie so alleine im Park Angst bekam.

Schließlich war ihr schon einmal etwas passiert. Und das mitten am Tage. Sie sah sich im Park immer wieder nach allen Richtungen um.

Kaum war sie mit dem Baby auf dem Arm in der Wohnung, fing es an zu schreien.

"Was ist denn? Tut dein Zahn wieder weh?"

"Es hat keine Zähne. Also kann sie auch keine Zahnschmerzen haben" erklärte ihr Kevin, der am Tisch neben Melissa saß. Beide machten Hausaufgaben.

"Aber die Zähne kommen, und das schmerzt", sagte ihre Mutter.

"Dann soll es gefälligst in Stefanies Zimmer schmerzen", maulte Melissa.

"Melissa!"

"Ist doch wahr, Mama. Immer wenn ich Hausaufgaben machen will, schreit Sarah. Als wenn sie das wüsste und mich ärgern will. Ich kann so nicht lernen."

"Ich geh ja schon, blöde Kuh" sagte Stefanie.

„Steffi, müsst ihr immer streiten?"

"Wer streitet denn? Ich wundere mich nur, wie sehr Melissa sich über ihre kleine Nichte aufregt. Ich kann ihr doch den Mund nicht zukleben."

Stefanie stand vor ihrer Schwester, das Baby auf dem Arm. Am liebsten hätte sie ihrer Schwester eine geknallt, oder ihr mal ordentlich ihre Meinung gesagt. Aber das durfte sie sich nicht erlauben. Ihre Mutter wäre damit nicht einverstanden.

So drehte sie sich einfach um, sagte kein Wort mehr und trug Sarah nach oben in ihr Zimmer. Sie legte sich aufs Bett. Die Kleine lag in ihrem Bettchen und schrie.

Stefanie stand auf, nahm sie hoch und legte sich wieder auf ihr Bett, das Baby legte sie auf ihren Bauch.

"Da warst du mal drin. Kannst du dir das vorstellen?"

Als Antwort hob Sarah den Kopf, und seiberte Stefanie an. "Hoffentlich bist du bald größer", sagte Stefanie und wischte sich die Spucke weg. Mussten Babys so seibern, wenn sie Zähne bekamen?

Stefanie schaute auf ihre Uhr. Noch zwei Stunden, dann konnte sie Sarah baden.

Am nächsten morgen brachte der Postbote einen Brief für Stefanie. Ihre Mutter betrachtete ihn kritisch. Vom Gericht! Was konnte das sein? Aber sie widerstand und öffnete ihn nicht, sie wollte auf Stefanie warten.

Kaum kam Stefanie zur Tür herein, sagte ihre Mutter: „Kind, ein Brief für dich. Ich kann mir nicht erklären, was drin stehen könnte."

Neugierig öffnete Stefanie den Umschlag. Sie überflog das Schreiben. „Na, die haben sich aber Zeit gelassen. Fast ein Jahr. Ich soll nächste Woche Montag vor Gericht erscheinen und aussagen. Du weißt schon ...", sagte Stefanie zu ihrer Mutter und faltete den Brief zusammen.

„Ach! Nächsten Montag? Stefanie, ...?"

„Ich schaff das schon Mama. Keine Sorge", sagte Stefanie mehr zu sich selbst als zu ihrer Mutter.

Sie nahm ihrer Mutter Sarah ab und ging in ihr Zimmer. Warum hatte sich das Gericht so viel Zeit gelassen? Gerade jetzt hatte sie nicht mehr so oft daran denken müssen. Was man sie wohl alles fragen würde? Etwas Angst hatte sie schon davor.

Montags erschien Stefanie pünktlich bei Gericht. Ihr war etwas mulmig zumute. Hoffentlich wurde sie nicht ausgefragt, wenn jemand dabei war. Hoffentlich war die Verhandlung nicht öffentlich!

Sie musste im Flur auf einer Bank warten. Sie war nicht allein. Es waren noch vier Frauen dort. Ob er diese Frauen alle vergewaltigt hatte?

Zuerst wurden die anderen Frauen nacheinander aufgerufen. Immer wenn eine aus dem Raum herauskam,
wurde die nächste hereingebeten.

Stefanie wurde als letzte aufgerufen. Ihr Mund wurde
plötzlich trocken. Warum hatte sie nicht schriftlich
aussagen können?

Sie kam sich recht verloren vor in dem großen Raum.
Vorne saßen vier Männer, alle ganz schwarz angezogen. Der mittlere, er war wohl der Richter, wie Stefanie annahm, befragte sie. Zuerst nur nach ihrem Namen, Wohnort, Geburtsdatum. Dann sollte sie erzählen, was an dem besagten Tage vor fast einem Jahr geschah.

Stefanie fiel es sehr schwer, darüber zu reden. Besonders weil so viele unbekannte Zuhörer dabei waren.
Wer waren diese Leute? Etwa zehn Leute saßen im
Raum verteilt. Waren das Zuhörer? Waren das Ver-
wandte des Täters? Zwei Polizisten hatten den Täter
in den Raum gebracht. Er saß auf der linken Seite auf
einer Bank. Er starrte sie an.

Er kann mir nichts tun, dachte sie und versuchte, sich
selbst zu beruhigen.

„Fräulein", der Richter forderte sie nochmals auf, zu
antworten.

Sie redete sehr leise. Sie erzählte, was sich zugetragen
hatte.

„Dann sagen Sie mir doch mal bitte, junges Fräulein,
was sie an dem besagten Tage anhatten. Vielleicht einen kurzen Rock?" wurde sie gefragt.

„Was ich anhatte? Weiß ich nicht mehr. Aber auf jeden Fall keinen Rock. Ich ziehe nur Hosen an", antwortete Stefanie, wobei sie überlegte, welche Bedeutung diese Frage wohl haben könnte.

„Können Sie sich an ihren Gang erinnern? War er vielleicht aufreizend?"

„Aufreizend? Ich bin wie immer gegangen. Nachdem ich mich umgesehen hatte und bemerkt hatte, dass dort jemand war, bin ich etwas schneller gegangen. Sonst nichts."

„Können Sie sich erinnern, ob sich der Beklagte in Sie ergossen hat?"

Was sollte denn die Frage? Sie hatte doch schon alles erzählt.

Und - sie war schließlich danach im Krankenhaus gewesen.

„Ich ... glaube, ja", antwortete sie leise, ihr Blick auf den Boden gerichtet.

„Sprechen Sie bitte etwas lauter."

„Ja, hat er."

„Woran haben Sie das gemerkt? Warum sind Sie sich so sicher?" lauteten die nächsten Fragen.

„Ich weiß es nun mal. Ich war doch auch im Krankenhaus. Hat man das dort nicht irgendwo vermerkt?" fragte Stefanie.

„Sie waren erst Stunden später im Krankenhaus. Man hat nichts gefunden. Ich habe jedenfalls nichts dergleichen in der Akte finden können. Aber jetzt eine andere Frage: Warum haben Sie nicht um Hilfe gerufen?"

„Er hatte das Messer! So groß", sagte Stefanie, wie zu ihrer Verteidigung und deutete mit Händen an, dass es etwa dreißig Zentimeter lang gewesen sein musste.

„Zweihundert Meter weiter standen Häuser. Sie hätten um Hilfe rufen können."

„Hätte ich nicht! Er hatte mir gedroht, mir mit dem Messer etwas anzutun", sagte Stefanie und schaute weiterhin auf den Boden.

Bloß keinen ansehen. Bloß nicht klein beigeben. Wer war hier eigentlich angeklagt?

„Nun, die anderen Damen, bei denen der Beklagte es versucht hat, konnten sich alle entweder durch Hilferufe oder aber sogar durch eigenes Wehren retten. Nur Sie haben nicht um Hilfe gerufen", stellte er fest.

„Vielleicht hatte er ja nur bei mir ein Messer dabei. Ich weiß es nicht", sagte Stefanie.

„Geschlechtsverkehr war für Sie nichts neues, obwohl sie erst fünfzehn Jahre alt waren zur Tatzeit. Sie waren schwanger. Stimmt das?"

„Ja", sagte sie. Was hatte das damit zu tun?

Stefanie traute ihren Ohren nicht. Wieso versuchte der Mensch da vorne die Sache so zu verdrehen, als hätte sie den Täter gebeten, es zu tun? Sie hielt den Kopf gesenkt, ihr Gesicht war heiß, es fühlte sich an, als sei ihr gesamtes Blut im Kopf.

„Aber er hat doch alles zugegeben", sagte sie leise. Warum stellte der Richter ihr diese Fragen?

Er fragte wieder etwas, sie hatte ihn gar nicht verstanden. Sie stotterte sich etwas zurecht, hörte gar nicht mehr zu.

Endlich hieß es, sie könne gehen. Auf dem Flur setzte sie sich wieder auf die Bank, sie konnte die Tränen nicht mehr zurückhalten. Wenn sie das vorher gewusst hätte, sie hätte sich niemals von Marco zur Polizei schleppen lassen.

„Nie, nie mehr würde ich so einen Kerl anzeigen", sagte sie leise vor sich hin.

Sie wartete, aber worauf wartete sie eigentlich? Vereinzelt kamen immer wieder Personen aus dem Gerichtssaal. Nach ungefähr einer Stunde wusste Stefanie nicht mehr, ob überhaupt noch jemand drin war.

Man würde ihr doch sagen, zu welcher Strafe er verurteilt wurde? Wenn er nicht ins Gefängnis kam, was dann? Er hatte ihr geschworen, sie umzubringen. Sie hatte ihn vorhin im Gerichtssaal nur kurz angesehen. Er hatte sich kaum verändert. Er hatte sie sehr böse angesehen.

Ein Mann in schwarzer Robe trat aus dem Raum.

„Hallo, entschuldigen Sie bitte. Ich möchte gerne wissen, wann das Urteil verkündigt wird", sagte Stefanie zu dem Mann.

„Die Urteilsverkündung ist nicht öffentlich", war seine Antwort.

„Nicht öffentlich? Aber es waren so viele Leute da drin."

„Fräulein, sie ist nicht öffentlich. Sie können gehen. Das hat man Ihnen doch schon vorhin gesagt", sagte er unfreundlich und wandte sich ab.

Dann hatte weiteres warten wohl keinen Zweck mehr. Sie ging langsam aus dem Gericht.

Irgendwas an dem System ist falsch, dachte sie. Warum war sie behandelt worden, als hätte sie sich alles nur erdacht. Warum dachte man, sie hätte ihn gereizt, bis er es getan hatte. Genau, sie hatte ihn dazu gebracht. Klar, sie hatte sich womöglich das Messer selbst an den Hals gehalten. Oder vermutlich, und bei dem Gedanken musste sie lächeln, vermutlich dachte man, sie selbst habe ihm das Messer vorgehalten und ihn gezwungen.

Nein, sie würde niemanden mehr anzeigen. Aber es würde auch nie wieder passieren. Sie achtete jetzt darauf, nicht alleine dorthin zu gehen, wo kaum Menschen waren. Wenn sie zum Park spazierte und dort waren kaum Menschen anzutreffen, ging sie wieder. Abends ging sie gar nicht mehr alleine raus. Und damals, als sie noch regelmäßig zu Marco nach Hause gegangen war, hatte sie einen Umweg genommen. Das war zwar viel weiter gewesen, aber dafür war der Weg viel belebter. Es fuhren dort Autos, viele Menschen traf sie unterwegs. Wo viele waren, hatte sie keine Angst.

„Steffi, schon wieder hier?" fragte ihre Mutter überrascht.

„Mama, frag mich bitte nicht. Es war Scheiße", sagte sie, fummelte in ihrer Tasche und holte eine Schachtel Zigaretten raus. Sie musste jetzt eine rauchen, sollte ihre Mutter sagen, was sie wollte!

„Steffi, kann ich irgendwas tun?" fragte ihre Mutter, sah aber schon an Stefanies Gesichtsausdruck, dass sie sich diese Frage hätte sparen können.

Ihre Mutter sagte, nur um etwas zu sagen: "Ich glaube, der Zahn ist bald durch. Sie seibert heute besonders viel."

„Dann hört das Geschreie ja bald auf."

„Ich, ... Stefanie, .."

„Schon gut ... Ich geh hoch, schau nach Sarah. Ich geh heute nicht mehr zu Schule", sagte Stefanie, drückte die Zigarette aus und ging.

Ihre Mutter schaute ihr nach. Was hätte sie noch sagen können? Hätte sie fragen sollen, was die Gerichtsverhandlung ergeben hatte?

Eine Woche später dachte Stefanie schon nicht mehr an den Gerichtstermin. Sie hatte sich gezwungen, die Sache so zu sehen, als wäre sie ganz anders verlaufen, als es in Wirklichkeit geschehen war. Der Mann hatte zwanzig Jahre Knast bekommen, redete sie sich ein. Alle hatten zum Schluss eingesehen, dass sie gar keine Chance gehabt hatte, zu schreien oder sich zu wehren. So etwas würde ihr nie wieder passieren, redete sie sich weiter ein. Mit der Zeit glaubte sie es fast selbst.

Nur - etwas gereizter als sonst war sie schon.

Zwei Wochen später, an einem Freitag, kam Stefanie etwas später nach Hause als sonst. Sie hatte sich besonders viel Zeit gelassen. Sie war nicht mit dem Bus gefahren, sondern zu Fuß gegangen. So war sie immerhin eine halbe Stunde später zu Hause.

Vielleicht sollte sie doch Jenny noch mal anrufen, dachte sie, während sie die Tür aufschloss. Schon in der Diele hörte sie Sarah. Stefanie holte tief Luft.

Wenn der Zahn nicht bald durch war, würde sie noch verrückt werden, dass wusste sie.

"Heute ist es besonders schlimm. Ich glaube, der Zahn ist bald durch. Hier, nimm sie", sagte ihre Mutter. Stefanie war noch nicht ganz in der Küche.

„Ganz durch hast du auch letzte Woche und sogar schon vorletzte Woche gesagt", murrte Stefanie.

Sie nahm ihrer Mutter das Kind ab und ging mit ihr in ihr Zimmer. Der Blick von Melissa hatte gereicht, um sie daran zu hindern, in der Küche zu bleiben.

Sie schaukelte Sarah hin und her. Aber anscheinend hatte Sarah schlimme Zahnschmerzen. Oder wie immer man diese Schmerzen nannte.

Jedenfalls beruhigte sie sich nicht. Sie schrie, bis sie einen hochroten Kopf hatte.

"Halt endlich deine verdammte Klappe oder ich knall dir eine", brüllte Stefanie das Kind an. Im gleichen Augenblick war sie über sich selbst erschrocken. Warum hatte sie das Kind so angeschrieen? Es bekam Zähne und das tat nun mal weh.

Das Baby machte große Augen und schaute verschreckt in Stefanies Gesicht. Für einen kurzen Augenblick war es ruhig. Es dauerte keine Minute, da verzog es wieder das kleine Mündchen und schrie.

"Ist ja gut, mein Kleines. Ich habe es nicht so gemeint. Mein kleiner Schatz", Stefanie drückte Sarah an sich und küsste ihr auf die Wange.

Langsam beruhigte sich das Baby und aus dem Schreien wurde ein leises Wimmern. Stefanie legte es ins Bettchen. Sie nahm die Spieluhr in die Hand und drehte sie auf. Sie hielt die Uhr über Sarahs Gesicht.

Sarah brauchte zehn Minuten, um sich vom Schreien zu erholen. Dann ging es wieder los. Sie schrie wieder. "Eigentlich müsstest du bald heiser sein", sagte Stefanie. Sie hatte eine Idee. Sie setzte sich an ihren Schreibtisch, auf dem ihr Walkman lag. Sie steckte sich die kleinen Kopfhörer in die Ohren und machte die Musik so laut es ging.

Sie musste feststellen, dass es nicht half. Sarah war nicht zu überhören. Sie knallte den Walkman auf den Schreibtisch. Das hielt sie einfach nicht länger aus!

Sie ließ das Kind im Bettchen und ging runter in die Küche.

"Mama, das kann man ja nicht aushalten. Es muss doch ein Mittel geben, damit sie nicht solche Schmerzen hat."

"Noch ein paar Tage, und wenn der Zahn raus ist, wird sie wieder ruhiger. Das war bei euch früher genauso."

"Das ist mir kein Trost."

„Steffi, Sarah schreit wie verrückt", rief Melissa von oben.

"Gerade war Melissa doch noch hier unten" ärgerte sich Stefanie.

"Das arme Kind", sagte ihre Mutter.

"Die arme Stefanie", antwortete Stefanie darauf und ging.

Langsam, ganz langsam, stieg sie Stufe für Stufe die Treppen hoch. Wenn sie doch nie in ihrem Zimmer

ankäme. Wenn sie doch jetzt nicht dieses nervige Geschreie hören müsste. Warum mussten Babys so
schreien?

Vor der Tür zu ihrem Zimmer blieb sie stehen. Sie
horchte. Hatte sie vielleicht Glück und Sarah war eingeschlafen? Es war nichts zu hören. Ganz sachte
drückte sie die Klinke herunter. Sie machte die Tür
nur einen Spalt auf. Schon zu spät! Sarah hatte sie gesehen und fing wieder an zu schreien.

Wütend ging Stefanie zu dem Kinderbett. "Ich hasse
dich, du kleines Monster."

Sie schaute auf das brüllende Kind. Doch Sarah schien
nicht von den Worten ihrer Mutter beeindruckt. Sie
schrie weiter.

Stefanie wandte sich von dem Kinderbett ab. Sie versuchte, sich über ihre Gefühle zu dem Kind klar zu
werden. Sie horchte in sich hinein. Sie fühlte nichts –
außer Wut. Ihr Blick fiel auf ihr Bett. Auf ihr Kopfkis-
sen. Wenn sie nun das Kissen nahm? Einfach das Kissen nehmen würde und draufdrücken? Solange, bis
das Baby nicht mehr schrie. Stefanie hatte schon oft
davon gehört, dass manche Babys starben, weil einfach aufhörten, zu atmen. Niemand würde Verdacht
schöpfen.

Es war ja doch alles umsonst gewesen. Marco war
weg. Sie war hier alleine mit dem Kind.

Stefanie ging langsam zu ihrem Bett und setzte sich.
Sie nahm das Kissen in die Hände, drehte es ein paar
mal hin und her, legte es auf ihren Schoß. Sollte sie es
machen? Langsam stand sie auf und ging zum Kin-

derbett. Sarah hörte auf zu schreien. Sie spielte mit dem Mobile, das Stefanie ihr über dem Bett befestigt hatte. Aus ihrem Mund kam nur noch ein leises Schluchzen.

Stefanie betrachtete das Kind, schaute auf das Kissen in ihren Händen und warf ruckartig das Kissen, als hätte sie sich daran verbrannt, auf ihr Bett.

Sie hielt sich die Hände vors Gesicht. Mit welchem Gedanken hatte sie da gespielt? War sie jetzt wahnsinnig geworden? Wie konnte sie nur daran denken, ihr eigenes Kind umzubringen? Stefanie weinte. Sie stand auf, ging zum Kinderbett, sagte leise: "Habe keine Angst. Keine Angst."

Stefanie hatte plötzlich das Gefühl, sie könnte es in ihrem Zimmer nicht mehr aushalten. Sie lief aus dem Zimmer, die Treppen hinunter in die Küche.

"Mama, ich wollte etwas Schlimmes machen", brach es aus ihr raus. Weinend setzte sie sich an den Tisch.

"Mama, hilf mir. Es tut mir leid. Ich weiß nicht warum, aber ich wollte es tun. Ich glaube, ich hasse sie."

„Steffi, beruhige dich. Was ist los? Was wolltest du tun?"

Stefanie bekam einen Weinkrampf. Ihre Mutter bekam Angst.

Was hatte ihre Tochter da gesagt? Sie ließ Stefanie am Tisch sitzen und lief nach oben ins Kinderzimmer. Sarah lag friedlich schlafend im Bett. Das Schreien hatte sie müde gemacht. Leise schloss sie wieder die Tür und ging wieder zu ihrer Tochter, die immer noch am Tisch saß.

Sie hielt den Kopf gesenkt. Sie weinte nicht mehr.

„Steffi, was ist passiert?" , fragte ihre Mutter und setzte sich zu ihr.

"Mama, ich werde damit nicht mehr fertig. Ich will das Kind nicht mehr. Ich will sie nicht mehr!"

"Was redest du denn da? Meinst du denn, du kannst sie wie einen Hund, den man nicht mehr haben will, abgeben? Was redest du für einen Unsinn?"

"Mama, ich will das Kind nicht mehr haben. Ich kann das Geschreie nicht mehr hören. Andere Mädchen in meinem Alter treffen sich, gehen aus oder sonst was. Und ich? Ich kann Windeln wechseln, mir das Geplärre anhören. Ich habe die Schnauze voll!"

"Kind, du weißt nicht, was du sagst."

"Ich weiß genau, was ich sage. Wenn ich das alles vorher gewusst hätte."

Stefanie hatte nicht den Mut, ihrer Mutter ins Gesicht zu sehen.

„Steffi, das ist doch nicht dein Ernst. Du bist zur Zeit genervt. Aber deshalb brauchst du doch nicht gleich die Flinte ins Korn zu werfen. Jede Mutter macht diese Zeit mal durch. Aber deshalb kannst du doch nicht sagen, du würdest dein eigenes Kind hassen."

„Mama, ich wollte sie umbringen!"

Ihre Mutter überhörte das. Wollte das nicht hören.

„Du bist ihre Mutter. Jede junge Mutter ist mal genervt", argumentierte ihre Mutter.

"Ja, jede Mutter macht das mal durch. Aber mein Fehler ist, dass ich mich nicht fühle wie eine Mutter. Ich habe keine Muttergefühle, verstehst du?"

Ihre Mutter überlegte fieberhaft. Was sollte sie ihrer Tochter sagen? Sie wusste keinen Rat. Stefanie war zu jung. Sie war doch selbst noch ein Kind! Aber das konnte sie ihr schließlich nicht sagen.

„Steffi, bitte versuch erst mal, dich zu beruhigen. Wir reden später noch einmal darüber. Lass den Kopf nicht hängen."

Stefanie nickte. Ihre Mutter hatte gut reden. Überhaupt alle! Sie bekam jedesmal zuviel, wenn sie sich anhören musste: Oh, wie süß, wie niedlich das Baby doch ist.

Süß und niedlich. Ja, wenn man es fünf Minuten am Tag sah. Aber wenn man es jeden Tag, jede Nacht um sich hatte, sah die Sache schon anders aus. Ihre Mutter müsste sie doch eigentlich verstehen. Schließlich hatte sie drei Kinder. Und die waren ja auch mal Babys gewesen. Wie hatte sie das bloß ausgehalten?

Stefanie stand auf, kramte in ihrer Tasche und holte eine Zigarette raus. Sie zündete sie an und zog gierig. Das brauchte sie jetzt. In einer Woche hatte sie Geburtstag. Mit sechzehn durfte sie auch zu Hause rauchen. Warum nicht eine Woche vorher? Ihre Mutter beobachtete, wie sie rauchte.

„Steffi, rauch doch bitte nicht so viel."

"Mama, ich werde nächste Woche sechzehn."

"Sechzehn oder nicht. Trotzdem will ich nicht, dass du rauchst. Seit wann rauchst du eigentlich?"

Stefanie überlegte. Welche Antwort würde ihrer Mutter gefallen? Wollte sie es wirklich wissen? Bestimmt wusste sie, dass sie schon lange rauchte.

"Noch nicht lange", sagte sie dann.

"Wenn Papa da ist, musst du nicht unbedingt rauchen."

Eine Weile sagten weder Mutter noch Tochter etwas. Stefanie strich sich ihre Haare aus der Stirn, sie wünschte, sie könnte damit auch ihre Gedanken wegwischen.

„Steffi, bitte denk noch mal darüber nach."

"Ich brauche nicht mehr nachdenken. Ich habe die letzten paar Monate nachgedacht. Jeden Tag. Mama, ich kann Sarah nicht mehr ertragen."

"Es ist dein Kind. Und zwar genau das Kind, das du unbedingt bekommen wolltest. Vergiss das nicht."

"Ich habe es nicht vergessen. Ich weiß, dass ich sie wollte. Aber ich wusste nicht, was es bedeutet, ein Kind zu haben."

"Das weißt du jetzt auch noch nicht. Sonst würdest du nicht solche albernen Dinge sagen."

"Mama, ich bin nicht albern. Ich mache auch keinen Spaß. Der ist mir vergangen. Ich will sie nicht mehr."

Stefanie sprach leise. Warum verstand ihre Mutter sie nicht? Andererseits, sie verstand sich selbst nicht, da wunderte es sie nicht, dass ihre Mutter sie nicht verstand. Aber eins wusste sie genau: Sie wollte nicht länger dieses Kind haben!

„Steffi, ich mache dir einen Vorschlag. Wir reden jetzt nicht mehr darüber. Nimm dir Zeit und denke darüber nach. In deinen Zimmer."

Vielleicht würde Stefanie anders denken, wenn sie in ihrem Zimmer war und Sarah sah.

"Ich will nicht in mein Zimmer. Es ist schon lange nicht mehr mein Zimmer, sondern Sarahs Zimmer."

„Steffi." Der Ton ihrer Mutter erlaubte keine Widerrede.

Zwei Tage lang passierte nichts. Absolut nichts. Stefanie hatte sich am ersten Abend des Vorfalls schon gewundert, dass sie nicht ins Wohnzimmer gerufen wurde. Hatte ihre Mutter etwa ihrem Vater gegenüber nichts erwähnt? Das konnte sich Stefanie kaum vorstellen.

Am nächsten Abend hatte Stefanie ihren Vater genau beobachtet. Er verhielt sich wie sonst auch. Wieder wurde sie nicht ins Wohnzimmer zitiert. Keine Besprechung? Wollten ihre Eltern mit ihr nicht darüber reden? Oder hatte ihre Mutter sie tatsächlich nicht ernst genommen? Stefanie hatte die zwei Tage genug Zeit gehabt, um über die Sache nachzudenken. Sie war zu keinem anderen Ergebnis gekommen. Sie wurde mit Sarah nicht fertig. Und für Sarah war es bestimmt nicht gut, wenn sie bei einer Mutter aufwuchs, die nichts für ihr Kind empfand.

Stefanie fühlte sich schlecht. Sie hatte das Gefühl, sie sei ein sehr schlechter Mensch. Sonst hätte sie doch nicht den absurden Gedanken gehabt, Sarah mit einem Kissen .... Sie traute sich nicht, den Gedankengang zu Ende zu denken.

Sie wurde nicht fertig damit, dass sie allein mit dem Kind dastand. Und das Kind brauchte sie zu sehr. Das Kind brauchte so viel. Zuviel, meinte Stefanie. Zuviel Zeit, zuviel Liebe, zuviel Verständnis. Zuviel alles!

Am dritten Tag, Stefanie kam wie gewohnt gegen drei Uhr nachmittags nach Hause, war Sarah nicht wie sonst in der Küche in ihrem Laufstall. Stefanie ging nach oben in ihr Zimmer. Das Kinderbettchen war leer. Wo war Sarah?

Stefanie stellte sich mitten in die Küche vor ihre Mutter und fragte: „Wo ist Sarah?"

Ihre Mutter ging zum Tisch, versuchte die Tischdecke, die ordentlich auf dem Tisch lag, noch ordentlicher zu plazieren.

"Mama, wo ist Sarah?"

Da Stefanie hinter ihrer Mutter stand, konnte sie natürlich nicht sehen, wie ihre Mutter lächelte.

"Du wolltest sie doch nicht mehr."

"Was soll das heißen?"

"Sie ist weg! Du hast mir mehrfach versichert, du willst das Kind nicht mehr. Jetzt ist es weg. Also freu dich."

Stefanie starrte ihre Mutter mit offenem Mund an.

"Mama ..."

„Steffi, vor drei Tagen hast du mir vorgeheult, du wirst mit ihr nicht fertig. Dann versuch jetzt bitte, ohne sie fertigzuwerden. Wir haben uns bemüht, dir zu helfen."

"Wer wir?"

"Papa und ich."

"Du hast also doch mit ihm darüber gesprochen?"

"Natürlich. Sollte ich nicht?"

"Aber wo ist sie?"

"Wenn du sie erst mal zur Adoption freigegeben hast, dann weißt du auch nicht, wo sie ist. Stefanie, ich habe zu tun."

„Aber das Jugendamt muss verständigt werden. Ihr Vormund. Ich müsste doch eigentlich zum Jugendamt, mit denen reden. Ich ...“

„Steffi, ich habe zu tun. Du wolltest es so. Also, laß mich jetzt in Ruhe“, sagte ihre Mutter bestimmt.

Stefanie ging in ihr Zimmer. Sie saß Stunden in ihrem Zimmer. Warum kam keine Freude auf? Das Baby war weg, genau so, wie sie es gewollt hatte. Vielleicht konnte sie sich ja deshalb nicht freuen, weil es so plötzlich kam, dachte sie.

Immer wieder fragte sie sich, wo Sarah sein könnte. Ihre Mutter wollte es ihr nicht sagen. Warum war sie überhaupt weg? Hatten ihre Eltern Angst, sie hätte Sarah doch noch umgebracht? Stefanie wusste nicht mehr, was sie denken sollte. Das Zimmer war so leer, ohne Sarah. So ruhig. So ungewohnt. Immerhin hatte sie das Zimmer mittlerweile seit sechs Monaten mit ihrem Baby geteilt. Wie sollte sie sich heute abend beim Abendbrot verhalten? Sollte sie ihren Vater fragen? Wussten ihre Geschwister etwas? Oder sollte sie nicht zum Essen runtergehen? Nein, das würde nichts bringen. Morgen früh musste sie ja auch in die Küche, wenn die anderen Familienmitglieder dort waren.

Schweigend saß die Familie abends am Tisch. Weder Melissa noch Kevin fragten nach Sarah. Entweder wussten sie darüber mehr als Stefanie oder aber ihre Eltern hatten ihnen verboten, nach Sarah zu fragen.

Stefanie hatte keinen richtigen Appetit. Verstohlen beobachtete sie ihre Eltern. Plötzlich fragte ihre Mutter: „Steffi, was macht die Schule?"

"Äh, alles in Ordnung."

Wieder Schweigen. Keiner sagte auch nur einen Ton. Stefanie stopfte sich den Rest ihres Brotes in den Mund, stand auf und meinte: „Ich geh nach oben."

Niemand hielt sie zurück. Warum taten plötzlich alle so, als hätte es nie eine Sarah in diesem Haus gegeben? Warum hatte nicht wenigstens Kevin oder Melissa gefragt? Stefanie ging langsam aus der Küche, wobei sie das Gefühl hatte, dass die Blicke ihrer Eltern und Geschwister auf ihrem Rücken brannten.

Zwei Tage später.

"Und, wie reagiert sie?" fragte Stefanies Vater seine Frau.

"Genau weiß ich es nicht. Aber sie ist bedrückt. Meinst du, unser Plan klappt? Wie lange sollen wir noch warten?"

"So lange, bis sie es kapiert hat. Ich glaube, es dauert nicht mehr lange", meinte er zuversichtlich.

"Gestern hat sie mich gefragt, wann wir zum Jugendamt gehen, und ob wir überhaupt hin müssten. Wegen der Adoption. Als ich ihr sagte, nächste Woche irgendwann, meinte sie nur: Wenn es sein muss.

Ich denke, wir sollten sie nicht so lange in Ungewissheit lassen. Ich glaube, ich rede nachher mal mit ihr."

"Aber frage sie nur, ob sie nun bereit ist, zum Jugendamt zu gehen. Du kennst unseren Plan."

"Und wenn sie tatsächlich zustimmt? Was ist dann mit unserem Plan?" fragte sie ängstlich.

"Ich kenne doch meine Tochter." Mehr hatte er dazu nicht zu sagen.

Während ihre Eltern im Wohnzimmer saßen und sich unterhielten, saß Stefanie allein in ihrem Zimmer und starrte auf die Spieluhr, die sie in der Hand hielt. Sarah war jetzt seit zwei Tagen weg und eigentlich hätte sie sich ja freuen sollen. Sie hatte es so gewollt. Sie hatte ihrer Mutter gesagt, sie wolle das Baby nicht mehr, sie würde damit nicht fertig. Jetzt saß sie hier allein und fragte sich zum tausendsten Mal, wo ihre kleine Tochter war. Würde sie sie jemals wiedersehen? Ihre Mutter hatte von Adoption gesprochen.

Aber dazu musste doch sie als Mutter des Babys die Einwilligung geben, oder nicht?

Sie wurde in ihren Gedanken gestört, als ihr Bruder ins Zimmer kam.

Sie sah von der Spieluhr auf und fragte: „Was ist?"

"Hast du eine Zigarette für mich?"

"Ja, hier", sie gab ihm ihre Schachtel.

„Steffi, äh, ..."

"Falls du wissen willst, wo Sarah ist, ich weiß es nicht."

"Warum weißt du es nicht?" Er zündete sich die Zigarette an.

"Keine Ahnung. Mama hat sie weggebracht. Vielleicht weil sie Angst hatte, ich würde Sarah was antun."

"Du würdest was?"

"Ich wollte sie nicht mehr. Verstehst du? Ich wollte sie nicht mehr. Jetzt ist sie weg und ich fühle mich auch nicht wohler. Ich habe gedacht, ich mag sie nicht. Aber trotzdem vermisse ich sie. Ach Kevin, ich weiß auch nicht."

Er hatte gefragt, weil seine Mutter ihn neugierig gemacht hatte. Sie hatte vorgestern ihm und auch Melissa strikt verboten, Stefanie nach Sarah zu fragen. Er sollte so tun, als merke er nicht, dass sie weg sei. Aber wie sollte man das anstellen? Schließlich hatte er sich schon an den kleinen Wurm gewöhnt. Schließlich war er Sarahs Onkel!

„Steffi, sag bitte nicht, dass ich dich gefragt habe", sagte er, als er an das Verbot seiner Mutter dachte.

"Kevin, was soll ich tun? Mama und Papa sagen nichts. So kann das doch nicht weitergehen. Ich will wissen, wo sie ist, will wissen, wann sie wiederkommt."

"Kommt sie denn wieder?" Er verstand das nicht. Er dachte, sie wäre für immer weg. Adoptiert oder so.

„Willst du sie denn wieder hier haben?" fragte er weiter.

Tränen kullerten langsam an ihren Wangen herunter.

"Ich weiß nicht, ob sie wiederkommt und ich weiß nicht, ob ich ich sie wiederhaben will. Ich weiß gar nichts", sagte sie leise und ließ den Kopf hängen.

Mist, wenn er gewusst hätte, dass seine Schwester anfing zu heulen, dann wäre er nicht in ihr Zimmer gegangen. Er hatte noch nie gewusst, wie er sich heulenden Mädchen gegenüber verhalten sollte.

Verlegen schaute er sie an. „Steffi, ich geh besser wieder."

Er drückte die Zigarette aus und verschwand.

Sie stand auf, ging wie ein eingesperrter Tiger in ihrem Zimmer von der einen Wand zur anderen. Nach ein paar Minuten setzte sie sich wieder auf Bett und drehte zum x-ten Mal die Spieluhr auf. Warum kam immer alles anders, als sie es sich vorgestellt hatte?

Als sie Marco kennenlernte, hatte sie sich eine Zukunft mit ihm und dem gemeinsamen Baby vorgestellt. Glücklich würde sie sein, hatte sie gedacht.

Als Marco dann weg war und sie mit dem Baby alleine war, hatte sie ihr Kind verflucht. Ihm die Schuld an allem gegeben. Ohne Kind würde es ihr bestimmt viel besser gehen. Hatte sie gedacht.

Ohne Kind wäre Jenny noch ihre beste Freundin.

Ohne Kind hätte sie einen ordentlichen Schulabschluss, und müsste jetzt nicht kochen und nähen lernen.

Jetzt war das Kind weg und wieder trat nicht ein, was sie sich vorgestellt hat.

Sie fühlte sich keinesfalls freier und glücklicher. Sie fühlte sich eher noch mieser als vorher.

Die Spieluhr wurde immer leiser, bis sie ganz verstummte. Stefanie drehte sie wieder auf und legte sie in das Kinderbett. Sie kämpfte mit sich. Sollte sie mit ihren Eltern reden? Aber was sollte sie sagen? Das sie nicht wusste, was sie wollte?

Es klopfte an ihrer Tür. Ihre Mutter kam zu ihr ins Zimmer und setzte sich an den Schreibtisch. Sie wartete einen Augenblick, in der Hoffnung, dass Stefanie von alleine etwas sagen wollte. Stefanie schwieg jedoch. Sie saß auf dem Bett und schaute ihre Mutter erwartungsvoll an. Was kam jetzt?

„Steffi, möchtest du, dass wir morgen zum Jugendamt fahren und uns über Adoption unterhalten?"

"Warum zum Jugendamt?"

"Weil das von dort aus geregelt wird. Schließlich können wir keine neuen Eltern für Sarah aussuchen."

"Mama, wo ist sie?"

"Ich denke, es ist besser, du weißt es nicht. Wenn wir zum Jugendamt gehen und dort alles klar machen, dann wirst du sie sowieso nicht mehr sehen."

"Mama, ich vermisse sie", sagte Stefanie leise und traute sich nicht, ihre Mutter anzusehen.

Ihre Mutter lächelte triumphierend. Klappte der Plan ihres Mannes doch?

"Ich dachte, wir tun dir einen Gefallen, wenn wir Sarah wegbringen, bis das Jugendamt neue Eltern für sie gefunden hat."

"Ich weiß nicht mehr, was ich will. Ich weiß nicht, was ich tun soll." Es klang resignierend und traurig.

„Steffi?"

"Ja?"

"Du musst schon wissen, was du willst. Und wenn du es noch nicht weißt, dann gehen wir zum Jugendamt, und lassen uns dort beraten. Vielleicht dauert es ja eine Weile, bis Sarah dann neue Eltern hat."

"Ich meine, ich will ... Ich weiß nicht, was ich tun soll. Also weiß ich auch nicht, ob wir überhaupt zum Jugendamt gehen sollen."

"Warum sollen wir nicht gehen?"

"Mama, mach es mir doch nicht so schwer."

"Du machst es dir selbst schwer."

"Mama, was soll ich tun?"

"Das musst du ganz allein wissen. Denk darüber nach. Und fäll eine Entscheidung, bei der du bleibst. Egal, wie du dich entscheidest, es kann nicht mehr rückgängig gemacht werden. Darüber musst du dir im klaren sein. Du kannst nicht mal so und mal so darüber denken. Du kannst nicht heute sagen: Ich will Sarah, und morgen sagen: Ich will sie nicht.

Stefanie, überleg es dir genau. Bis morgen hast du noch Zeit."

Ihre Mutter stand auf, schaute kurz auf das Kinderbettchen und ging.

Stefanie war immer noch durcheinander. Was sollte sie bloß machen. Plötzlich fiel ihr Jenny ein. Sollte sie ihre frühere Freundin vielleicht mal anrufen? Schließlich hatten sie ja keinen Krach, sondern bloß den Kontakt abgebrochen.

Nein, sofort verwarf sie diesen Gedanken wieder. Niemand, weder Jenny noch ihre Mutter noch sonst wer konnte ihr die Entscheidung abnehmen. Sie musste das allein schaffen. Ihre Mutter hatte gesagt: Bis morgen hast du Zeit. Bis morgen musste sie es wissen. Oder wusste sie es schon?

Stefanie blieb in ihrem Zimmer. Sie wollte alleine sein und niemanden sehen. Morgen wollten ihre Eltern zum Jugendamt. Wenn sie nun hinging, Sarah zur Adoption freigab, würde sie ihre Tochter nie mehr sehen. Sie würde ihr keine Flasche mehr geben, sie nicht mehr trockenlegen. Sie würde nicht zusehen können, wie sie wuchs, wie sie einmal zur Schule ging. Sie würde keinen Kontakt mehr zu ihr haben. Sie würde keine Tochter mehr haben.

Wenn sie nicht zum Jugendamt ging, was würde dann sein?

Sie hätte eine Tochter, die gerade Zähne bekam, die fast den ganzen Tag schrie, die beschäftigt werden wollte, die eine Mutter brauchte, die sie lieb hatte. Bis jetzt hatte sie geglaubt, sie liebe ihr Kind nicht. Es hatte sie nur gestört. Doch jetzt, wo es weg war, wurde ihr klar, wie sehr sie Sarah vermisste. Und wie lieb sie ihr Baby hatte. Warum musste sie eigentlich so lange überlegen, zu welchen Entschluss sie kommen sollte? Im Grunde wusste sie es doch, dass es nicht Hass war, den sie für Sarah empfand. Denn alleine bei dem Gedanken, sie würde das Baby nicht mehr wiederbekommen, wurde ihr heiß. Sie wusste plötzlich, was sie zu tun hatte.

Am nächsten Morgen war Stefanie ungewöhnlich früh wach. Sie stand auf, zog sich an, ging in die Küche und bereitete das Frühstück vor.

Ihre Mutter kam verschlafen in die Küche.

"Seit wann bist du denn schon wach?"

"Och, eine Weile."

Kevin und Melissa kamen, setzten sich an den Tisch.

"Ungewöhnlich still", bemerkte Melissa, nachdem fast zehn Minuten niemand sprach. Nur das Geklimper des Bestecks und das Hinstellen einer Kaffeetasse war zu hören. Es tat ihr leid, dass sie so oft über Sarah gemeckert hatte. Sie hatte ein schlechtes Gewissen.

Stefanie sagte nichts dazu. Sie frühstückte weiter. Sie hatte heute morgen besonders großen Appetit.

"Ist Papa arbeiten?" fragte sie ihre Mutter ganz beiläufig.

"Ja, aber er kommt heute früher. Er hat sich zwei Stunden freigenommen."

"Warum?"

"Du weißt warum."

"Meinetwegen können wir jetzt schon fahren. Ich meine nach dem Frühstück."

Die Mundwinkel ihrer Mutter verzogen sich.

"Kannst du es nicht abwarten?" fragte sie sauer. Scheiß Plan!

"Nein, ich kann es nicht abwarten. Ich will meine Tochter zurückholen. Da müssen wir doch nicht auf Papa warten, oder?"

"Nein, wir warten nicht", antwortete ihre Mutter und lächelte.

Doch kein Scheiß Plan!

"Was ist los. Wohin fahrt ihr?" wollte Melissa wissen.

"Holt ihr Sarah wieder?" fragte jetzt Kevin.

"Ja, der Kurzurlaub ist um. Jetzt kommt wieder Leben in die Bude", sagte ihre Mutter.

"Kommt, beeilt euch, ihr verpasst den Bus."

Kevin und Melissa hatten nicht so recht Lust, jetzt zu gehen. Murrend zogen sie ihre Jacken an, nahmen die Schultaschen und gingen.

"Wohin müssen wir denn fahren?"

„Steffi, du weißt genau, was du machst? Du weißt, was du willst?"

"Bestimmt, Mama. Meinetwegen soll sie heulen, wenn sie Zähne kriegt. Meinetwegen soll sie zehn mal am Tag in die Windeln machen. Hauptsache, sie kommt wieder."

"Sie ist bei Tante Brigitte. Eine Stunde Fahrt. Wenn wir sofort fahren, schaffen wir es bis heute mittag, wieder hier zu sein. Ich will sie nur eben anrufen."

Stefanie lief in ihr Zimmer, nahm die Spieluhr, rannte wieder runter und hörte gerade noch, wie ihre Mutter sagte: Dann bis gleich.

Während der Fahrt unterhielten sich Mutter und Tochter wenig. Stefanie hatte super Laune. Gleich konnte sie Sarah wieder in die Arme nehmen. Wie hatte sie nur so doof sein können? Und, verdammt, warum fuhr ihre Mutter nicht schneller?

Endlich waren sie da. Stefanie war schon lange nicht mehr bei ihrer Tante gewesen. Sie war eine Schwester ihrer Mutter. Man sah sich meistens nur Weihnachten oder wenn ein runder Geburtstag war. Ihre Mutter telefonierte zwar ab und zu mit Tante Brigitte, aber ansonsten war selten Kontakt da.

Dass sie Sarah hier hin gebracht hatte, darauf wäre Stefanie niemals gekommen.

Was hatte ihre Mutter der Tante gesagt? Mit welcher Begründung hatte sie Sarah hier hingebracht?

Sie stand vor der Haustür und ärgerte sich, dass sie ihre Mutter nicht gefragt hatte.

Tante Brigitte öffnete nach dem ersten Klingeln.

"Hallo, da seid ihr ja. Das ging aber schnell. Hallo Stefanie, ich erkenne dich kaum wieder. Bist du gewachsen! Kommt rein."

Wann war sie das letzte Mal hier gewesen? Vor zwei Jahren oder drei? Sie kannte die Wohnung. Im Wohnzimmer sah sie sich um. Keine Spur von Sarah.

"Wo ist sie?"

"Im Schlafzimmer. Sie schläft. Geh ruhig."

Ihre Tante fing ein Gespräch mit ihrer Mutter an. Stefanie wollte nicht dabei sein. Sie wollte nicht länger warten, Sarah zu sehen. Sie ging ins Schlafzimmer ihrer Tante.

Winzig sah sie aus in dem großen Bett ihrer Tante. Sie schlief. Sacht legte Stefanie sich daneben.

"Hallo, mein kleiner Schatz. Wie geht es dir?" sagte Stefanie leise. Sie streichelte Sarah über die kleinen Wangen.

Sarah räkelte sich. Sie verzog ihren Mund zu einem Lächeln. Stefanie drehte die Spieluhr auf. Beim Klang der bekannten Musik wurde Sarah wach. Sie öffnete die Augen und schien nicht besonders überrascht, ihre Mutter zu sehen. Sie hob beide Händchen und griff nach Stefanies Haaren.

"Was sehe ich denn da? Dein kleiner Zahn ist ja ein winziges Stück draußen. Hast du es endlich geschafft?"

Süß sah sie aus, mit ihrem ersten Zähnchen.

Zärtlich nahm sie das Baby hoch und hielt es fest an sich gedrückt. Ihr wurde seltsam warm. Waren das jetzt Muttergefühle?

"Deine Mama war dumm. Ich bin so froh, dass du es noch nicht verstehst. Weil ich nicht weiß, ob du mir böse wärst", sagte sie leise zu dem Baby.

Sarah verzog den Mund und schrie. Seltsam, es klang in Stefanies Ohren fast wie Musik.

"Was ist? Hast du Hunger? Oder weinst du, weil du nach Hause willst?"

Stefanie ging mit ihr ins Wohnzimmer der Tante. Ihre Mutter unterhielt sich lebhaft mit ihrer Schwester. Als Stefanie die Tür öffnete und reinkam, brachen sie ihre Unterhaltung ab.

"Wer weint denn da? Komm, gib mir mal meine kleine Enkelin. Sie weint bestimmt, weil sie zu ihrer Oma will."

Tante Brigitte lächelte Stefanie an, die lautlos zu weinen schien. Aber Stefanie schämte sich nicht wegen ihrer Tränen.

"Sie wird Hunger haben. Sie hat fast den ganzen Vormittag geschlafen. Ich mach die Flasche", sagte sie und ging in die Küche.

Stefanie gab ihrer Mutter das Kind. Sarah war sofort ruhig. Da war ja wieder jemand, den man an den Haaren ziehen konnte!

Stefanies Mutter küsste Sarah.

"Mama?"

"Ja?"

"Mama, wie soll ich mich Tante Brigitte gegenüber verhalten? Was hast du ihr gesagt, als du Sarah herbrachtest?" flüsterte Stefanie.

"Nichts. Sag nichts. Ist schon gut." In diesem Augenblick kam Stefanies Tante mit der Flasche.

Mehr als zwei Jahre später:

Stefanie wickelte das bunte Geschenkpapier um die Puppe. Morgen hatte Sarah Geburtstag. Sie wurde drei Jahre alt.

Ihre Gedanken waren bei dem Tag, als sie Sarah von ihrer Tante abholte. Die Zeit verging wirklich schnell. Sie hatte ihren Entschluss, damals Sarah zurückzuholen, nicht bereut.

Es war eine schwere Zeit gewesen, dass musste Stefanie zugeben, wenn sie jetzt daran dachte. Aber sie war mehr und mehr in ihre Mutterrolle hineingewachsen. Nicht, dass sie jetzt eine Super-Mutter war. Aber sie ließ sich nicht unterkriegen.

Sogar Heike, die mit Leib und Seele Mutter war, hatte ihr einmal erzählt, sie würde gerne einmal ein Wochenende mit ihrem Mann alleine verbringen. Ohne die beiden Kinder! Heike hatte nicht geahnt, welche Freude sie Stefanie mit dieser Aussage gemacht hatte.

Auch jetzt war es nicht immer leicht, als achtzehnjährige eine dreijährige Tochter zu haben. Stefanie hoffte inständig, dass, wenn sie mal ein paar Jahre älter war, die Leute nicht sofort nachrechneten, wenn sie erfuhren, wie alt Sarah war.

Stefanie lächelte bei dem Gedanken, wie sich manche Leute doch anstellen konnten. Erst vor kurzem war es ihr wieder passiert. Und zwar, als sie Sarah im Kindergarten anmeldete. Die Leiterin des Kindergartens hatte zwar kein Wort über Stefanies und Sarahs Alter verloren, doch Stefanie hatte es ihr förmlich vom Gesicht abgelesen, was sie dachte. Soll sie doch denken, was sie will, dachte Stefanie.

Ihre Eltern hatten sich damals, als Sarah wieder zu Hause war, offensichtlich Gedanken darüber gemacht, wie sie Stefanie entlasten könnten.

Warum sie denn nicht mal alleine, ohne Sarah, zu einer Bekannten oder Freundin, zum Beispiel zu Jenny ginge, wollte plötzlich ihre Mutter wissen. Wenn Sarah schläft, kannst du ruhig mal weg, hatte ihre Mutter gesagt. Von da an hatte sie sich öfter mit Heike getroffen.

Mit Jenny hatte sie allerdings keinen Kontakt mehr. Irgendwie konnte sie das auch verstehen. Schließlich hatte sie Sarah und Jenny wollte oder konnte darauf keine Rücksicht nehmen.

Desto größer und älter das Kind wurde, desto besser verstand sie sich mit Sarah. Auch Melissa hatte sich anders verhalten. Hatte sie Sarah vorher kaum beachtet, so fiel Stefanie auf, dass sie sich plötzlich mit ihrer kleinen Nichte beschäftigte. Melissa war sogar ein paar Mal mit Sarah alleine zum Spielplatz gegangen.

Und erst Kevin, dachte Stefanie weiter. Es war schon lustig gewesen, als er mit Sarah einige Runden im Zimmer gedreht hatte. Er hatte sie an beiden Händchen genommen und hatte mit ihr Laufenlernen gespielt. Als Bezahlung hatte er jedesmal von Stefanie eine Zigarette erhalten. Und Sarah hatte natürlich tierischen Spaß dabei gehabt.

Und wenn es doch einmal vorgekommen war, dass sie total genervt war, kurz vorm Ausrasten stand, dann hatte sie sich immer wieder versucht einzureden, dass Sarah schließlich nichts dafür konnte.

Sie war ein ganz normales Kind. Und ganz normale Kinder waren nun mal manchmal knatschig, quengelig, hatten auch mal schlechte Laune.

Stefanie legte das Geschenk beiseite. Sarah freute sich schon auf morgen. Sie zeigte jedem, der es wissen wollte, stolz mit Daumen, Zeigefinger und Mittelfinger, wie alt sie wurde. Und verkündete natürlich jedem, dass sie bald in den "Kinnagaaden" kam.

Was Marco wohl jetzt machte? Ob er an Sarahs Geburtstag dachte?

Stefanie wunderte sich über sich selbst. Warum kamen ihr gerade heute die vielen Gedanken? Lange schon hatte sie nichts mehr von ihm gehört. Aber jetzt war sie endlich soweit, dass sie nicht mehr traurig darüber war. Es war ein Fehler gewesen, dass sie damals geglaubt hatte, er würde sie lieben.

Stefanie sah auf die Uhr. Eigentlich müsste Melissa bald mit Sarah wiederkommen. Sie hatte unbedingt mit ihr zum Spielplatz gewollt. Es war doch nichts passiert?

Stefanie verzog die Lippen zu einem Grinsen. Jetzt reichte es aber, sie machte sich ja schon Gedanken wie eine alte Glucke.

Krach im Hausflur verriet ihr, dass Melissa wieder da war. Schnell versteckte sie die Geschenke im Schrank und ging nach unten.

"Meine Güte, wie seht ihr denn aus?"

Melissa sah an sich herunter und betrachtete dann Sarah.

"Wie immer, wenn es geregnet hat, oder nicht?" fragte sie scheinheilig.

"Ja, es hat geregnet. Aber gestern. Ich glaube fast, du suchst förmlich die Matschlöcher und ihr wälzt euch darin", sagte Stefanie und half Sarah, die nasse Jacke auszuziehen.

"War schön, Mama", sagte Sarah.

Stefanie wusste natürlich, dass Melissa sich nicht mit Sarah in den Sandkasten setzte und mit ihr spielte.

Sie nahm meistens eine Freundin mit zum Spielplatz, setzte sich mit ihr hin und rauchte heimlich.

Schließlich war Melissa jetzt vierzehn. Stefanie wusste genau, dass Melissa trotzdem auf Sarah aufpasste.

Sarah war schon den ganzen Tag völlig aufgedreht und wollte schon mittags ins Bett. Stefanie hatte ihr erzählt, dass sie noch einmal schlafen musste und dann Geburtstag hatte.

Da wollte Sarah natürlich sofort ins Bett, damit sie das „einmal Schlafen" schnell hinter sich bringen konnte.

Am nächsten Tag war die Bude voller Leben. Stefanie hatte drei Nachbarskinder, die ungefähr in Sarahs Alter waren, eingeladen. Und da Wochenende war, waren natürlich auch Kevin und Melissa und ihre Eltern da.

Stefanie wunderte sich, welche Mengen Süßigkeiten und Kakao vier so kleine Menschen verputzen konnten.

"Na, Stefanie, wär das nichts für dich, ein paar Kinder?" fragte Kevin, der völlig aus der Puste war. Er hatte gerade mindestens zwanzig Luftballons aufgeblasen.

"Spinnst du?"

"Warum, sieh doch nur, wie viel Spaß sie haben. Alleine hätte Sarah nicht so viel Spaß, das steht fest."

"Ja, das steht fest", murmelte Stefanie nachdenklich, "Ich weiß nicht, ob sie je ein Geschwisterchen bekommt."

Stefanie hatte schon oft darüber nachgedacht, wie es einmal sein würde, wenn sie einen festen Freund hätte. Vielleicht würde sie ja auch mal heiraten. Wollte ihr Mann dann auch ein Kind haben? Würde sie überhaupt einen finden, der Sarah akzeptierte?

Vor ungefähr einem Jahr, da hatte sie einen netten Jungen kennengelernt. Aber als er erfuhr, dass sie ein Kind hatte, war schon vor dem Anfang Schluss. Irgendwann, das wusste sie genau, irgendwann würde sie den Richtigen finden. Einen, der Sarah auch gern hatte. Sie hatte noch Zeit. Und wenn sie einen Mann kennenlernen würde, der Sarah nicht wollte, dann hatte die Beziehung keine Chance.

Sie hatte sich vor der Geburt für Sarah entschieden, sich vor zwei Jahren für Sarah entschieden, dann würde sie sich wieder für Sarah entscheiden, und nicht für eine Beziehung mit jemandem, der Sarah nicht wollte.

Sarah kam, schokoladenverschmiert, und hob beide Arme.

"Was, drei Jahre alt und noch auf den Arm?"

Stefanie nahm sie hoch und drückte sie fest an sich.